KB120900

노을 위에 쓰는 낙서

노을 위에 쓰는 낙서

초판 1쇄 인쇄일 2017년 2월 21일
초판 1쇄 발행일 2017년 2월 27일

지은이 김무환
펴낸이 양옥매
디자인 남다희
교 정 조준경

펴낸곳 도서출판 책과나무
출판등록 제2012-000376
주소 서울특별시 마포구 방울내로 79 이노빌딩 302호
대표전화 02.372.1537 **팩스** 02.372.1538
이메일 booknamu2007@naver.com
홈페이지 www.booknamu.com
ISBN 979-11-5776-401-3(03810)

이 도서의 국립중앙도서관 출판시도서목록(CIP)은 서지정보유통지원 시스템
홈페이지(http://seoji.nl.go.kr)와 국가자료공동목록시스템
(http://www.nl.go.kr/kolisnet)에서 이용하실 수 있습니다.
(CIP제어번호 : CIP2017004381)

노을 위에 쓰는 낙서

김무환 지음

여기서 '노을'은 종심從心을 지나는 나의 연식年式이고
'낙서'는 다양한 장르를 일컫는다

책과나무

머리 이야기

    뜨거운 뙤약볕이 내려쬐는 넓은 운동장 뒤편에 어린이들이 쪼그리고 앉아 잡초를 뽑고 있다. 무더위에 지쳐 납작 엎드린 바랭이 이름 모를 벌레에게 자신의 잎사귀를 나눠 주는 심성 좋은 질경이, 손등을 간질이는 장난꾸러기 강아지풀 등등 여러 잡초들이 어린이들을 비웃기라도 하듯 긴 하품을 하고 있다.

    새까맣게 그을린 꼬마 손들이 분주히 움직여 보지만, 돌덩이처럼 단단해진 메마른 땅에 뿌리를 내린 잡초를 뽑기란 만만치 않다. 어차피 정오를 넘기면 이 일이 끝나게 될 것임을 아는 아이들은 그냥 뽑는 시늉만 하고 있을 뿐이다. 여름방학이 시작되는 앞날의 의례적인 일이기에……

    정오를 살짝 넘자, 교무실에서 울려 퍼지는 타종 소리와 함께 선생님의 호루라기 소리가 '후르륵–' 하고 들린다. 빠르기도 하지! 아이들은 삼삼오오 짝을 지어 교실로 달음박질을 친다. 나는 흙 묻은 손을 씻느라 어정거리는 바람에 조금 늦게 교실로 들어섰다.

                                              노을 위에 쓰는 낙서

그런데 아이들은 벌써 줄을 서서 방학 책을 받고 있었다. 나도 덩달아 줄을 섰지만 알고 보니 내 뒤에 아무도 없었다. 어쩌다 보니 꼴찌였던 셈이다. 당시 나라의 살림 형편이 워낙 열악했던 터라 국민학교(지금은 초등학교) 어린이들이 가질 수 있는 학습 교재는 오직 교과서뿐이었다.

그나마 방학이 시작될 때 나눠 주는 「여름방학」과 「겨울방학」이란 책이 유일한 보충 교재였다. 대충 100여 페이지의 분량으로 기억되는 그 책 속에는 전 과목에 대한 보충 학습과 방학 중 학생들이 치러야 할 과제물이 들어 있었다. 그런데 마지막 순번으로 방학 책을 받으려고 손을 내밀던 나는 그만 기겁을 하고 말았다. 내가 받을 책이 없다는 것이었다. 선생님도 황당한 표정을 지으며,

"책이 한 권 모자라게 왔나 보네 나도 어쩔 수가 없구나."

하신다. 나는 솟구치는 울음을 참으며 하소연을 했다.

"선생님! 그라모 나는 책도 없이 방학 내내 우짜란 말입니꺼?"

"방법이 딱 하나 있다. 네 친구한테 방학 책을 빌려 한 권 만들어 봐라! 똑같이……."

나는 마침내 울음을 터뜨리며 선생님을 향해 소리를 질렀다.

"뭐라꼬예? 선생님 그기 말이 되는 소립니꺼?"

"된다. 한번 해 봐라. 좋은 경험이 될끼다."

아이들이 까르르 하는 웃음소리가 후덥지근한 교실에 울려 퍼지고 있었다.

울적한 마음으로 집으로 돌아온 나는 당장 그날부터 방학 책을 만들기로 했다.

"그래, 한번 해 보자. 안 될 것도 없지, 뭐."

그길로 이웃집 친구 정환이를 찾았다.

"방학 책 좀 빌려주라! 내 딱 이틀만 보고 줄게!"

공부에 관심이 덜했던 그 아이는 대수롭지 않게 대꾸했다.

"알았다. 그래라."

그날부터 나는 밥 먹고 잠자는 시간만 빼고 온종일 방학 책 만들기에 매달렸다. 표지에도 원본처럼 그림도 그려 넣고 색칠까지 입혔다. 그 당시 유일한 필기도구인 연필만 네댓 자루 소모된 것으로 기억된다. 또한 수시로 연필을 깎다 보니 왼손 엄지와 검지는 새까맣게 물이 들었다.

이틀 후 마침내 방학 책이 완성되었다. 난생처음 내 손으로 책을 만든 성취감에 가슴이 뿌듯해졌다. 물론 원본을 베낀 것이지만 어린 나이에 쉬운 일은 아니었다.

방학이 끝나고 개학하던 날, 나는 손수 엮은 방학 책을 선생님께 제출했다. 방학 책을 받아든 선생님은,

"너 정말 장하구나! 나는 설마 했는데……."

하고 칭찬을 아끼지 않으셨다.

당시 내 나이 10살 초등학교 4학년, 그러니까 지금으로부터 60여 년 전의 일이다. 그 후 세월이 참 많이도 흘렀다. 반세기에 10년도 더 지났다니!

요즘 '백세 인생'이라고 세상이 시끌벅적 하지만 어디 그게 쉬운 일인가? 육십 칠십을 살아도 건강하게 살아가야지, 이런저런 병으로 드러누워 자식들한테 기대고 싶지는 않다. 물론 이런 일이 뜻대로 되는 것은 아니지만 병들어 골골거리며 오래 산들 무슨 의

노을 위에 쓰는 낙서

미가 있겠는가?

문득 옛 여름방학 책 생각이 난 것은 눈을 감기 전에 그런 책을 한 권 더 만들어 보고 싶은 욕구 때문이었다. 그것도, 이번에는 단순하게 베끼는 것이 아닌 창작으로……. 재간도 없으면서 "그런 욕심까지!" 하고 스스로에게 핀잔도 해 봤지만 그 사이 주섬주섬 챙겨 놓은 것도 더러 있었기에 한번 결행키로 마음먹었다.

하나의 장르에만 한정 않고 다양한 버전을 모아 엮어 보기로 했다. 설익은 수필도 채워 넣고 서툴게 쓴 시 몇 편도 곁들여 넣었다. 수십 번이나 다듬어 쓴 단편소설과 동화 그리고 콩트도 한 편씩 끼어들었다. 그리고 책의 제목은 『노을 위에 쓰는 낙서』라고 명명하였다. 여기서 '노을'은 종심(從心: 나이 70세)을 지나는 나의 연식(年食)이고, '낙서'는 다양한 장르를 뜻한다.

사실 몇 년 전에 에세이집을 한 권 출간한 적이 있다. 출판된 책들은 대부분 지인들과 나눠 가졌지만 내용이 너무 미숙한 졸작이었다. 그래서 이번에는 좀 더 참신하고 알맹이 있는 책다운 책을 만들기로 마음먹었건만 아쉬움이 남는 것은 어쩔 수 없는 나의 한계다. 바라건대 늘그막에 쓴 잡기집으로 봐 줬으면 한다.

출간을 위해 따뜻한 조언과 용기를 주신 지인들과 출판사 여러분께 깊은 감사를 드린다.

2017년 2월
김 무 환

목록

3. │ 세상만사 (이런저런 이야기)

4. │ 어른들도 읽는 동화 (외눈박이 비둘기)

5. │ 단편 소설

6. │ 콩트

7. │ 시詩가 있는 마을

—

태양이 그리워지는 1월
2월에 보는 희망
새로운 다짐을 하는 3월
위대한 사월
사월의 향기
5월의 노래
신록의 6월
성하의 계절 7월
8월의 새 다짐
9월의 약속
불타는 10월
11월의 꿈
12월을 보내며

—

1.

사계四季
일 년
12달
그들과 나눈
이야기
그리고
노래

태양이
그리워지는
1월

새해가 밝았다. 초하룻날이 되면 도시의 자치단체들은 동산이나 낮은 산자락에 자리를 잡고 해맞이 행사를 치르곤 한다. 새벽부터 참가자들에게 따뜻한 커피를 대접하며 분위기를 한층 돋운다.

세상은 참 많이도 변했다. 얼마 전까지만 해도 상상도 못할 일 아닌가? 행정기관들의 이런 선정善政(?)을 베풀다니…….

해가 솟기 시작하면 꽹과리와 징소리가 아침의 고요를 깨우고 군중들의 함성은 절정을 이룬다. 주민들은 메모지에 자신들의 새해 소망을 적어 새끼줄에 매달아 놓고 사진 찍기에 분주하다.

소망을 기원한다고 그것이 이루어질 리는 없다. 단지 일과성 이벤트일 뿐. 욕심을 줄이고 바라는 일에 열정을 쏟으면 소망은 이루어질 것이다. 하지만 나는 믿는다. 그 소망이라는 것이 너무 이기적인 것이라면 기대하지 않는 것이 현명할 것이라고…….

노을 위에 쓰는 낙서

정말이지 너무 춥다. 1월은 왜 이다지도 추운 걸까? 일 년 중 가장 춥다는 작은 추위(소한)와 큰 추위(대한)가 자리하고 있는 1월.

그래서일까? 태양이 무척 그리워지는 달이기도 하다. 매서운 칼바람을 달래 줄 태양은 지금 어디에 숨어 있는 걸까? 잿빛 하늘 위에 모습을 숨긴 채 좀처럼 모습을 드러내지 않는다.

잠시 태양의 노래를 들어 보기로 했다. 〈태양은 외로워〉, 〈태양의 파편〉, 〈태양은 가득히〉 이 세 곡의 연주 음악을 녹음하여 산책길을 나섰다. 추위와 한판 겨뤄 볼 심산이다.

이어폰을 귀에 꽂고 태양의 노래에 빠져든다. 외로운 태양이 내 몸에 파편으로 날아와 가슴속을 가득 채워 준다.

아! 이런 멜로디가 있어 얼마나 좋은가? 곡을 만드는 사람들은 정말 위대하다. 나 같은 범인凡人은 꿈도 못 꿀 이렇게 달콤한 선율을 어떻게 그려 내었을까? 이처럼 혹독한 추위를 짧은 시간이나마 잊을 수 있음은 그들의 내공에 숨어 있는 강력한 에너지 덕분이 아닐까 싶다.

'해'를 제목으로 하는 유명한 팝송이 또 하나 있다. 애니멀스가 부른 〈해 뜨는 집House of rising sun〉. 젊은 시절 이 노래 속 기타 반주에 매료되어 밤낮으로 수십 번 도전해 봤지만, 애꿎은 손가락 지문에 깊은 상처만 남기고 말았다.

군사독재 시절, 노랫말이 퇴폐하다는 이유로 방송 금지 처분까지 내려졌던 이 노래가 갑자기 듣고 싶다. 당시 노랫말이 하도 궁금해서 자세히 들여다본 일이 있었다. 그런데 정말 별것도 아니었다.

불우한 소년들이 살고 있는 빈민촌의 모습을 노래하는 내용, 어머니는 재단사 일을 하고 아버지는 도박을 즐기는 술꾼. 그러나 죄를 지으며 헛되게 살지 말라는 교훈의 가사도 있었다. 기껏 이 정도의 가사 때문에 그 유명한 노래를 차단시킨 군화軍靴의 횡포가 청춘들의 문화를 앗아간 셈이다.

최근 죽기 전에 꼭 들어야 할 팝송으로 손꼽히는 이 명곡은 군사독재의 암울한 시절에 사회 정화를 빙자한 애꿎은 희생양이 되고 말았다. 이것은 당시 팝송 문화에 미숙한 우둔한 관료의 생뚱맞은 가위질이 아니었을까?

어둠이 내리자, 예보에도 없었던 함박눈이 펑펑 쏟아진다. 시골 옛집 장독대에도 소복소복 눈이 쌓이겠지. 이런 분위기엔 까마득하고 각별한 옛 추억이 새록새록 떠오른다. 어린 시절을 할머니 할아버지와 함께 보낸 시절의 아련한 기억들이다. 이것은 때론 그리움으로 변해 눈시울을 적시기도 한다.

오늘처럼 소리 없이 눈이 내리는 밤, 장작불로 지폈던 아궁이의 불길은 사그라지고 벌겋게 남은 잔해殘骸는 튼실한 숯불이 되어 할머니의 화로에 옮겨졌다.

"에헴!" 하는 할머니의 기침 소리가 들리면 쾌쾌한 냄새가 밴 할머니 방으로 우르르 몰려가는 어린 손주들, 아랫목에 옹기종기 모인 아이들은 땟자국이 덕지덕지 묻은 무명이불을 잡아끌며 자리싸움을 한다.

그러나 그들의 눈길이 머무는 곳은 단연 할머니의 화덕. 거기에선 지금 무슨 일이 일어나고 있는 걸까? 숯불에 파묻혀 타닥타닥 익어 가는 구수한 고구마 냄새에 군침을 삼키는 아이들의 눈망울

노을 위에 쓰는 낙서

이 그날따라 초롱초롱하다.

기다리다 지친 막내는 어느새 할머니의 무릎 위에서 곤히 잠이 들었다. 이윽고 노랗게 익은 군고구마는 차례차례 아이들의 손에 쥐어지고, 할머니의 감칠맛 나는 옛이야기는 겨울밤과 함께 익어 간다. 그러나 졸음을 참지 못해 하나둘씩 하품을 시작하면,

"그래, 오늘은 인자 그만하자."

하시며 할머니는 잠에 빠진 막내의 머리를 쓰다듬는다. 나는 그때 분명히 보았다. 주름진 할머니의 얼굴에 묻어나는 쓸쓸함의 흔적을……

시골에서 어린 시절을 보낸 이들이 갖고 있을 아련한 추억 하나 끄집어내어 봤다. 책상 맡에 앉아 눈시울을 붉히다가 자리에서 일어났다. 창문을 열자, 옛 추억의 그림자는 소리 없이 사라지고 찬바람만 세차게 몰아친다. 어느새 눈은 그치고 겨울밤은 깊어 가고 있다.

아! 봄은 정녕 어디쯤 있는 걸까? 불어오는 밤바람에 편지라도 띄워 부쳐 보고 싶어라.

2월에
보는
희망

왠지 스산하고 을씨년스런 2월. 잔설을 안고 불어오는 바람이 차갑고 매몰차다. 여전히 해가 뜨는 시각이 늦고 해 지는 시각은 빠르다. 7시 50분과 5시 30분대를 기록하고 있다. 낮의 길이가 10시간도 채 안 된다. 그러나 겨울이 깊어지면 봄도 멀지 않은 법, 곧 봄의 서곡이 울려 퍼질 것이다.

민족의 최대 명절인 설날이 곧 찾아온다. 음식을 장만해야 할 주부들에겐 결코 반갑지만은 않을 시기다. 따라서 일손을 함께 나눌 가족들의 배려가 필요하다.

필자의 어린 시절에는 설날이 오면 아이들은 설빔에 대한 기대 감으로 밤잠을 설치곤 했다. 그 후 살림 형편이 조금씩 나아지면서 설빔에 대한 풍조는 서서히 사라지기 시작했다. 지금은 물자도 풍부하고 경제력도 향상되어 사시사철, 아니 매일 고운 옷을 바꿔 입는 아이들을 보면 격세지감이 든다. 물론 자녀의 수가 확연히 줄어든 이유도 있겠지만……

그 시절 섣달 그믐날이 다가오면, 아이들은 부모님의 눈치를 살피기 시작했다. 자신에게 돌아올 설빔을 그리면서……. 당시만 해도 7~8명의 자식을 둔 부모들이 많았다. 그러나 자식들의 숫자에 비례하여 그들의 한숨은 깊어만 갔다. 양말 한 켤레씩만 해도 부모들의 부담은 엄청났으리라.

대개 양말은 기본이지만, 그다음의 설빔은 부모의 경제력에 달려 있다. 더 해 주고 싶어도 해 줄 수 없는 어버이들의 가슴은 얼마나 아팠을까? 그러나 자식들은 부모들에 대한 서운함뿐이었고 어버이의 쓰라린 마음을 달래 줄 이는 그 어디에도 없었다. 정작 자신들은 구멍 난 양말과 해진 속옷을 기워 입으며 눈물을 삼키곤 했으리라. 지금 와서 생각하면 가슴이 찡하다.

어른들에게는 다소 힘들었던 3~4일의 연휴를 보내고 나면 세월의 속도가 빠른 느낌이다. 더구나 2월은 다른 달에 비해 2~3일이 짧아 더욱 훌쩍 지나가는 것 같다.

봄을 재촉하는 우수가 되면 몇 방울의 비도 떨어지리라. 산책을 오가다 보면 봄이 조금씩 꿈틀거리는 기미가 보인다. 양지 바른 잔디밭에는 빼꼼히 머리를 내미는 새싹도 보이고, 물이 오르기 시작하는 수양버들 가지에도 꼬물거리는 색깔이 감지된다. 실핏줄 같은 가느다란 가지에 생기가 흐르기 시작한 것이다.

하루하루가 다르게 변해 가는 연둣빛 가지의 조화를 보았는가? 수줍은 미소를 지으며 그네를 타는 연약한 색시 같은 그 자태를……

어디선가 들려오는 새봄의 노래에 가슴이 두근거린다. '시크릿 가든'의 연주곡 〈세레나데 투 스프링Serenade to spring〉의 고혹적인 멜로디가 얼어붙은 대지를 일깨우고 있다.

그런데 이 곡을 국내 유명 성악가가 〈10월의 어느 멋진 날에〉라는 제목으로 가사를 만들어 노래를 부른 것을 보고 뭔가 개운치 않은 느낌을 받았다. 사실 작곡자는 '봄을 위한 세레나데', 즉 봄의 향취香臭를 떠올리며 멜로디를 만들었을 터인데 10월 속 가을의 풍경으로 바꾸어 노래를 한다면, 당초 그가 의도한 춘심春心을 왜곡시키는 일이 아닌가 하는 생각이 들었기 때문이다.

물론 음악에 관한 기본 지식도 없는 필자가 주제넘게 이런 평가를 하는 것은 온당치 못한 일이지만, 한 번쯤 고려해 볼 대목이 아니었을까 싶다. 이왕 노래를 부를 뜻이 있었다면 봄의 정취를 듬뿍 담은 노랫말을 만들어 〈사월의 어느 멋진 날에〉라고 했으면 훨씬 좋지 않았을까! 그랬다면 유럽 무대에서도 실력을 인정받고 있는 그의 가창력이 한층 더 돋보였을 것이다.

새봄을 노래한다고 갑자기 봄은 오지 않을 것이다. 기다려야 한다. 기다림은 우리 인간만이 가지는 인고忍苦의 미덕이다. 참고 견딤으로써 얻어내는 보이지 않는 성취감이다.

소풍날을 하루 앞둔 아이들의 설렘과 기대감이 소풍의 값어치를 더욱 높여 준다. 막상 소풍을 즐기고 돌아올 때의 그 허탈감을 경험해 본 자들은 알고 있다. 그래서 기다림이 더 값지고 소중한 것이다.

보일 듯 들릴 듯 어디선가에서 가까이 다가오는 듯한 계절의 신

노을 위에 쓰는 낙서

호등이 손짓을 하고 있다. 그것은 봄이 오고 있음을 알리는 전령이리라. 이제 곧 3월이 오면 낮은 점점 길어지고 햇살은 다정해질 것이다.

갑자기 존 덴버의 노래 〈선 샤인 온 마이 숄더Sunshine on my shoulder〉가 듣고 싶다. 언제 들어도 식어 가는 우리 마음을 데워 주는 따뜻한 노래다. 부드럽고 고운 음색으로 햇살을 노래하는 그의 따뜻한 목소리가 오늘따라 그립다.

내 어깨에 내린 햇살은 나를 기쁘게 해
내 눈방울에 꽂힌 햇빛은 나를 울리고
물위에 엇힌 햇빛은 무척 사랑스럽네
햇빛은 항상 날 후다닥 일으켜 세우고 있네
싸늘한 바람을 다독이는 햇살과 함께

(후략)

시나브로 봄은 서서히 다가오고 있다.

새로운
다짐을 하는
3월

모든 것들이 새롭게 시작되고 있다. 유치원의 어린아이들에서 부터 대학의 새내기들에 이르기까지, 꿈과 새 희망을 품고 첫발을 내딛는 청춘들.

누가 그들의 잠을 깨우는가! 겨울잠에서 깨어난 개구리가 봄의 합창을 들었단다. 기지개를 활짝 켜며 어슬렁어슬렁 세상 밖으로 나온다. 경칩이란 절기를 맞아 새 삶을 시작하는 미물微物들도 계절의 변화를 잘 알고 있다.

옛 우리 조상들도 요즘 젊은 세대들이 공유하는 '밸런타인데이' 같은 이벤트가 있었단다. 늦가을이 되면 청춘남녀는 튼실한 은행 씨앗을 주워 갈무리를 잘해 둔다. 그리고 이듬해 경칩 날에 곱게 만든 복주머니에 넣은 은행 씨앗을 연인들끼리 주고받는 풍습이다.

떨어진 은행 껍질에서 뿜어 나오는 고약한 냄새를 마다하고 연인의 마음을 사로잡기 위해 은행을 줍던 청춘들의 가슴은 얼마나

　　　　　　　　　　　　　　　노을 위에 쓰는 낙서

설레었을까? 지금은 초콜릿이나 사탕으로 마음을 주고받고 있지만 이것은 입에 넣으면 달콤하기는 해도 금세 녹아 없어지는 것이니 은행 씨앗에 비하면 조금은 허무한 사랑이 아닐까? 게다가 살짝 구워낸 은행의 감칠맛을 어찌 달콤함과 비교할 수 있겠는가? 암수 나무가 서로 마주 보아야 열매가 열리는 은행나무, 따라서 연인들끼리 주고받으면 확실한 징표가 될 수 있었으리라.

그런데 은행나무에 관한 좋지 않은 소식이 들려온다. 가을이 되면 도심에 있는 가로수에서 떨어진 은행 씨앗이 인도에 널브러져 미관도 좋지 않고 냄새 또한 고약하여 시민들의 민원이 끊이지가 않는단다. 이러한 민원 때문에 은행나무를 뽑고 다른 수종으로 교체할 계획이라 하는데, 나의 생각은 조금 다르다. 비용도 비용이지만 애써 기른 나무를 뽑아 버리는 그 자체가 마뜩찮다.

사실 은행잎에는 고혈압을 치료하는 유용한 성분도 있고, 은행 껍질에서 나는 냄새는 바퀴벌레를 퇴치하는 역할도 한다고 한다. 또한 구운 열매를 먹으면 맛도 맛이지만, 기관지 천식도 다스리는 이점도 챙길 수 있다. 게다가 가을이 되면 노랗게 물든 은행잎이 도심의 메마른 정서를 풍요롭게 하기도 한다.

은행은 껍질에서 나는 냄새가 고약하기는 해도 무조건 눈에 보이는 불편을 기준으로 정책 결정을 하는 것은 옳지 않다. 자연으로부터 얻는 이득을 챙기기 위해서는 어느 정도 불편함을 감내할 수 있는 아량도 필요하다.

밤낮의 길이가 똑같다는 춘분이 지나면 봄은 우리 곁에 바짝 다가올 것이다. 그러나 아직도 춘래불사춘春來不似春이다. 봄은 왜 이리 더디게 오는 걸까?

한강 둔치 강변길을 따라 걷노라면 노란 꽃잎을 피운 나무가 끝없이 이어진다. 색깔이 어찌 저리도 고운지 금세 노란 물감이 뚝뚝 떨어질 기세다. 산수유 꽃의 유혹이 마음을 설레게 하고 있다. 모진 추위를 견디며 피어난 꽃의 기개가 장하다. 가을이 되면 붉게 영근 열매를 매단 채 다시 내년의 봄을 기약하리라.

추운 겨울날 흰 눈이 내리면 검붉은 산수유 열매가 더욱 돋보여 한 폭의 수채화를 연상케 한다. 눈보라가 칠 때면 하얀 공간에 붉은 점들이 난무하며 춤을 추듯 하던 모습이 눈에 선하다.

하지만 누가 뭐래도 봄을 알리는 전령은 매화다. 모진 찬바람과 싸늘한 진눈깨비에 맞서며 꽃망울을 터뜨리는 매화의 의연함에 문득 시조 한 편이 떠오른다.

매화 옛 등걸에 새봄이 찾아오니
옛 피던 가지에 피음즉도 하건마는
춘설이 난분분하니 필동 말동 하여라

조선 영조시대 기생으로 지낸 매화가 지은 시조다. 그녀는 황해도 출신으로 재색이 출중하고 몸가짐이 방정方正하여 뭇 사내들의 마음을 설레게 했다고 전해진다. 그녀의 단아한 모습을 상상해 보며 매화의 향기에 빠져든다.

4월을 기다리며 설레는 가슴을 달랠 길이 없다. 온갖 꽃향기로 뒤덮일 온 누리의 들썩임을 그 누가 잠재워 줄 수 있을는지…….

위대한
사월

영국의 시인 '티 에스 엘리엇'은 그의 시 「황무지」에서 4월을 잔인한 달이라 외치고 있다.

4월은 잔인한 달

죽은 땅에서 라일락을 피우며

추억과 욕망을 뒤엎고

봄비로 잠든 뿌리를 깨운다

(후략)

이 시에서 시인이 말하는 '잔인함'의 진정한 의미는 버거운 인생에서 삶의 세계로 돌아와야 하는 생명의 고뇌를 설명한다고 되어 있다. 그래서 나 같은 범인이 잔인한 4월에 대해 시비를 걸 생각은 없다. 하지만 나는 잔인함이 아닌 위대한 4월을 주장하고 싶다.

얼었던 대지 위로 새싹을 돋우게 하는 4월의 힘, 그리고 긴 산고産苦 끝에 새 생명을 탄생시키는 산모의 땀방울 같은 그 위대함 말이다. 4월이 우리에게 제공하는 에너지는 곳곳에 널려 있다. 그 에너지의 징표는 단연 꽃들의 향연이다. 잠깐 4월의 꽃 이야기에 빠져 본다.

목련화는 왠지 슬퍼 보인다. 잎보다는 꽃을 먼저 피우는 꽃, 목련화는 꽃말이 '이룰 수 없는 사랑'이라고 한다. 그래서일까? 처음에는 두툼한 꽃잎으로 우리의 시선을 끌지만 금세 가뭇한 허무함으로 지고 마는 이 꽃이 너무 가련해 보인다.

그럼 벚꽃은 어떤가? 정말 화사한 꽃이다. 4월이 되면 이 강산 방방곡곡에 벚꽃이 우르르 피어난다. 이곳저곳에서 벚꽃 축제가 열리고 꽃놀이 상춘객賞春客이 구름처럼 몰려다닌다.

일본의 국화國花로 잘못 알려진 벚꽃, 아마도 일본인들이 가장 좋아하는 꽃이라는 선입견 때문에 일어난 사례로 보인다. 사실 일본에는 국화가 없고 황실을 대표하는 꽃이 있는데 그것은 국화菊花라고 한다.

일본어로 '사쿠라'로 불리는 벚꽃은 그 아름다운 자태에도 불구하고 자랑스럽지 못한 수식어가 따라다닌다. 우리 사회에서 흔히 말하는 '사쿠라'라는 오명汚名이다. 의리가 없고 변절을 일삼는 사람으로 치부되는 이 꽃이 무척 억울해 보인다.

호수를 옆으로 끼고 있는 공원길을 산책하다가 눈이 부시도록 황홀한 꽃을 만났다. 크림색, 연분홍, 빨간색이 조화를 이루어 마치 불이 타오르는 듯한 장관을 이룬다. 이토록 화려하고 열정

노을 위에 쓰는 낙서

적인 꽃을 만난 적이 있던가?

이름하여 '꽃아그배나무'이다. 열대지방에서나 볼 수 있는 불꽃나무Flame tree를 연상케 한다. 새들도 열정적인 꽃향기에 빠진 듯 나뭇가지에 앉아 안절부절못하는 모습이다.

그러나 화무십일홍花無十日紅이 아니던가. 머지않아 화려한 모습은 사라지고 이파리만 매단 채 쓸쓸히 호수를 지킬 테지. 우리네 청춘이 그렇게 했듯이……

따뜻한 햇살이 어깨를 감싸던 어느 날 오후, 지인들과 나눠 마신 막걸리 몇 잔이 '먹골배'로 이름난 태능 배 밭으로 발길을 이끌고 말았다. 갑자기 잘 익은 배 생각에 군침이 돈다. 사각사각한 식감으로 시원한 맛을 안겨 주는 배는 역시 겨울밤에 먹어야 그 진수를 느낄 수 있다. 이미 세계에서 으뜸 맛으로 평가받은 보약 같은 과일이다.

어느새 땅거미가 내리고 눈앞에 펼쳐진 배꽃의 장관에 막혔던 가슴이 뻥 뚫린다. 어둠 속에서 불을 밝히는 호롱불처럼 다정하고 고즈넉한 풍경들. 그저 멍하게 바라만 볼 뿐 더 이상의 할 말을 잃게 만든다.

배꽃을 보고 노래하는 글이 있다면, 이조연의 시조 「다정가」가 제격이다.

이화梨花에 월백月白하고 은한銀漢이 삼경三更인제
일지춘심一支春心을 자규子規야 알랴마는
다정多情도 병病인 양하여 잠 못 들어 하노라

배꽃에 달이 밝게 흐르고 은하수 흐르는 깊은 밤

가지 하나에 깃든 봄의 마음을 두견새가 알랴마는

다정함도 병이 되어 잠을 이룰 수가 없구나

너무나 가슴에 와 닿는 시조이기에 조금 쉽게 풀이를 해 봤다. 이조연은 5형제 모두가 과거시험에 합격한 천재 집안의 막내로서 고려 말 문신을 지냈다. 그의 시조에서 묘사되는 천재성은 그 누구라도 흉내 낼 수 없을 듯하다.

깊어 가는 4월의 밤, 배꽃 향에 흠뻑 젖고 옛시조에 도취陶醉된 채 그저 소요음영消搖吟詠할 따름이다.

노을 위에 쓰는 낙서

사월의
향기

늦도록 극성을 부리던 꽃샘바람 끝에 찾아온 짧은 봄날이 너무 아쉬워 조금 더 4월을 붙잡아 두려 한다.

4월에 빼놓을 수 없는 꽃이 있다면, 그것은 라일락이다. 우리나라에서는 '수수꽃다리'라고 불리는 이 꽃의 원산지는 한국이다. 수수꽃다리가 미국으로 건너가 변종된 것이 바로 라일락꽃이라고 한다. 그러나 이 두 꽃에서 내뿜는 향기는 별반 차이가 없어 보인다. 물론 라일락이 조금 더 진하기는 하다.

'젊은 날의 추억'이 꽃말이라는 라일락의 향기를 어떻게 설명할 수 있을까? 활짝 핀 꽃에서 퍼져 나오는 그대의 향기에 흠뻑 취해버렸다.

막걸리 몇 잔에 넋을 잃은 길손처럼 아롱거린 발걸음으로 그대 주위를 맴돈다. 저 멀리서 누군가 손짓하며 달려오는 옛 기억, 아! 무엇으로도 바꿀 수 없는 그대의 신비로운 체취여! 몽롱함인가, 황홀함인가?

비가 내리면 꽃은 젖어도 향기는 젖지 않는다고 어느 시인이 말했다지. 머지않아 이 봄이 떠나가면 다시 그대를 그리워하며 한 해를 기다려야 하리라. 그리고 오래된 옛 노래 〈내가 울던 파리〉를 되뇌며 눈물을 흘려야겠지.

> 내가 울던 파리 내가 울던 파리
> 라일락꽃은 피었건만 또다시 피었건만
> 파리의 지붕 밑을 거닐던 그대여
> 지금 어디 사라졌나 사랑의 마돈나여!

금세 달아날 것만 같은 4월이 너무 아쉬워 이렇게라도 너를 붙잡아 두고 싶었다.

4월이 가면 생각나는 가수가 있다. 우리 가요사에 우뚝 선 거목인 여가객女歌客 패티김. 가요와 팝송을 거침없이 넘나들며 열정을 불태우던 그녀의 모습이 그리워진다.

〈4월이 가면〉을 열창하며 무대를 주름잡던 그녀의 카리스마는 영영 볼 수 없는 걸까? 화려했던 무대를 떠나기 전 우리에게 보여 줬던 소리꾼의 당당했던 모습이 아직도 눈에 선하다.

그러나 스타는 사라져도 그들의 노래는 영원히 남는다. 불사조不死鳥의 전설처럼…….

5월의
노래

계절의 여왕 오월이 찾아왔다. 온 누리에 봄의 향기가 만연하다. 산과 들은 물론이요, 도로변이나 가정집 담장에도 흐드러지게 핀 꽃들로 가득 차 있다.

길가에 늘어선 철쭉꽃은 삶에 지친 우리의 가슴을 달래고 호숫가 바위틈을 불태우는 자산홍은 삶의 열정을 나눠 준다. 시골 논두렁을 붉게 물들이는 자운영은 아련한 추억을 일깨울 테지.

우리에게 너무 익숙해진 장미꽃은 지구상에 무려 140여 종이 서식되고 있다는데, 대체 그 꽃을 어떻게 식별識別할 수 있을까?

프레지던트 생골, 로코코, 사하라, 안젤라, 다이나마이트, 찰스턴, 스칼렛 메이딜란드……. 어느 공원에 조성해 놓은 장미 아치에 매달아 놓은 꽃 이름을 옮긴 것이다. 내가 어찌 꽃 모양만 보고 그 이름을 알 수 있겠는가?

모든 꽃에는 꽃말이 있지만 장미는 색깔마다 꽃말이 다르다. 붉은 꽃은 사랑과 열정을 뜻한다고 한다. 따라서 연인 사이나 부부 간 주고받기에 안성맞춤인 꽃이다. 그러나 노란 장미는 삼가야 한다. 꽃말이 질투와 사랑의 감소라 하니 잘못 전했다간 오해받기 십상이므로 청춘 남녀들은 특히 주의해야 할 꽃이다.

사랑이 식거나 어쩔 수 없이 이별을 고해야 할 처지라면 노란 장미 다발을 전해도 되겠지. 하지만 이 꽃을 주고받아야 하는 청춘들의 심경은 얼마나 쓰라리고 아플까. 부디 이런 안타까운 일은 일어나지 않았으면 하는 바람이지만 불타는 청춘들 사이에서 벌어지는 일을 어떻게 막겠는가.

나는 화사한 꽃보다는 수더분한 찔레꽃이 더 좋다. 동산이나 낮은 산기슭에 다소곳이 피어 있는 찔레꽃, 우윳빛 꽃잎에서 뿜어내는 고혹적인 그 향기는 어디서 나오는 걸까?

샛노란 꽃술을 머금고 소복소복 피어 있는 그 자태는 꾸밈새 없는 이웃집 아줌마의 모습과도 같다. 비록 겉은 화려하지 않지만 꽃 속에 묻힌 은근한 정취와 순수함이 마음을 가라앉힌다. 어릴 적 흐드러지게 핀 찔레나무 앞에서 찔레 순을 꺾어 먹던 기억도 새록새록 샘솟는다.

부드러운 바람이 콧등을 간질이는 어느 날 오후, 올림픽 공원을 관통하는 실개천으로 발길을 옮겼다. 돌로 만든 징검다리를 건너면서 졸졸졸 흐르는 시냇물 소리에 발길을 멈춘다. 출렁이는 물살을 가르며 다정히 데이트를 즐기는 물오리 한 쌍을 만났다. "꽥꽥, 꽥꽥!" 둘은 노래를 부르듯 소리를 낸다.

"자기야! 우리 여기서 잠깐 쉬어 갈까?"

"그래! 이곳엔 먹을 것도 많이 있어."

가만히 엿들은 그들 간의 대화다. 다정한 그들의 모습에서 불현듯 부러워지는 것은 무슨 연유일까?

생동의 계절이다. 냇가의 풀숲이 갑자기 소란스러워졌다. 종족을 번식시키기 위한 잉어 떼들의 사랑놀이가 지금 물속에서 벌어지는 중이다.

"푸드득 푸드득 풍덩 풍덩!"

잉어 떼들이 짝을 지어 물속을 오가며 구애求愛 운동을 하고 있다. 일종의 스킨십이다. 암수가 서로 피부를 스치면서 애정 행위를 하다가 절정의 순간에 암컷이 물가의 수초水草에 산란을 시작한다. 이때 수컷도 자신의 정액을 발산하며 수정을 하게 된다. 소위 말하는 체외 수정으로, 물고기만의 짝짓기인 셈이다.

그러나 호시탐탐 이 장면을 지켜보는 불한당이 도사리고 있다. 왜가리와 물오리들이다. 이들에게 최상의 고급 식단이 차려진 것이다. 하지만 잉어가 산란한 개체수가 워낙 많아 종족을 이어 가는 데는 큰 문제가 없다. 물고기들의 분신이 일부 보시普施로 넘겨졌지만, 자손을 이어 갈 씨앗은 남겨두는 것이 보이지 않는 손, 조물주의 조화다.

숲 속에서 온갖 새들의 지저귐이 요란한 이른 아침, 낮은 동산을 거닐었다. 좀 특이한 소리를 내는 녀석이 있었다. 검은등뻐꾸기의 애절한 구애 소리였다. 처음에는 이 녀석이 무슨 새인지 알 길이 없었다. 그러나 금세 실마리를 찾았다. 궁금하면 뭐든지 알 수 있는 시대가 아닌가.

인터넷 포털 사이트에서 새소리 모음을 검색하니 무려 100여 종의 새소리가 녹음되어 있었다. 녹음된 새소리를 하나씩 클릭해 머리에 익혀 두었던 녀석의 소리와 비교해 보니, 녀석의 이름이 검은등뻐꾸기였다.

정말 정보의 힘이 대단한 세상이다. 학자에게 따로 물어볼 필요 없이 포털사이트에서 검색하면 척척박사처럼 가르쳐 준다. 이것이 인공지능A.I의 시효라 볼 수 있을 것이다.

그러나 이런 분야의 급진적 발달로 인간의 입지가 줄어드는 게 사실이다. 많은 일자리를 인공지능이 앗아가면 미래의 인간들은 새로운 고민에 봉착하게 될 것이다. 이런 현상이 바람직한 일일까? 투자상담사, 의사, 변호사 등 고급 전문직마저 위협받는 시대가 오고 있다.

일자리도 문제지만 인간의 정서마저 빼앗아 갈 인공지능의 발달이 무섭게 느껴진다. 더 이상 이런 위협이 일어나지 말았으면 하는 생각은 나 혼자만의 바람은 아닐 것이다. 숲 속을 거닐다 떠오른 첨단과학 기술에 대한 경계심이 잠깐 풍요로운 자연의 세계를 잊게 만들고 말았다.

뻐꾸기도 종류가 하나둘이 아니었다. 소리 또한 각양각색이다. 우리에게 가장 친숙한 일반 뻐꾸기는 알고 있는 대로 "뻐꾹 뻐꾹" 하고 소리를 내지만 검은등뻐꾸기는 그 소리가 아주 특이했다. 휘파람으로도 흉내를 낼 수 있는 소리였다.

나는 녀석을 한번 놀려 주기로 했다. 녀석은 "휘휘 휘익" 하고 나서 잠깐 기다린다. 친구나 짝이 대응해 주기를 기다리는 모양이다. 아무런 소리가 없자 다시 "휘휘 휘익" 하고 소리를 낸다. 나

노을 위에 쓰는 낙서

는 이때다 싶어 휘파람으로 "휘익 휘익" 소리를 내자, 녀석도 덩달아 소리를 내기 시작했다. 신이 난 듯 녀석의 소리에 활기가 넘친다.

그러나 녀석과 나의 소리 놀음이 계속된 것은 불과 서너 번뿐, 녀석은 소리를 멈추고 말았다. 제 딴에는 뭔가 이상한 낌새를 챈 것일까? 아마도 뒤늦게 속은 것을 알아차린 모양이다. 나는 쓴웃음을 지으며 몇 번 더 시도해 봤지만 허사였다.

일순간 녀석을 속인 것이 미안해졌다. 모처럼 제 짝을 만난 것에 얼마나 들떠 있었을까? 만약 사람끼리 이런 일이 벌어졌다면 적지 않은 배신감으로 상처를 받을지도 모른다. 남을 속여서는 안 될 일이다. 비록 장난질이었지만 녀석에게 죄를 지은 느낌이다.

그때 불현듯 서양인들은 새가 노래한다고 표현하는데, 우리 민족은 왜 운다고 말하는 걸까 하는 의문이 생겼다. 이것은 아마도 우리 민족이 걸어온 고난과 비통의 역사에 기인하지 않을까 싶다.

우리 조상들은 헤아릴 수 없을 만큼 수많은 외세의 침략을 당했다. 그때 겪은 애환과 고통이 겹겹이 쌓여 사물을 보는 감정이 비관적으로 고착화되어 버린 것 아닌가 싶다.

사실 새가 소리를 내는 것은 다양한 의사 표시의 일환이다. 번식기가 되면 짝을 찾는 구애의 소리, 길을 잃으면 도움을 구하는 신호, 돌보던 새끼를 찾을 땐 자신의 위치를 알리는 수단으로 소리를 낸다는 것이다. 또한 적으로부터 공격에 대비하라는 경고의 소리도 있다. 결국 그들은 감정 표시나 대화를 하는 것이 우리 같은 민족에겐 울음소리로 인식되고, 다소 낙천적인 서양인들에겐 노랫소리로 들리는 모양이다.

아무튼 5월은 생동의 계절임에 틀림없다. 곳곳에는 살아 있는 자연의 멜로디가 널려 있다. 계절의 여왕답게 졸졸졸 흐르는 활기찬 시냇물 소리, 강변에서 노래하는 개구리의 사랑 찾기, 산과 들에는 뻐꾸기와 뜸부기 그리고 종달새의 노랫소리, 특히 장끼는 자기 짝 까투리를 찾느라 목까지 쉴 지경이다.

"조금만 쉬었다가 짝을 찾으렴, 장끼야!"

5월은 무르익고 산천초목은 6월을 맞을 준비에 분주한 하루를 보내고 있다.

노을 위에 쓰는 낙서

신록의
6월

 녹음이 짙어지는 신록의 6월. 온 누리가 초록색으로 뒤덮이고 있다. 듬성듬성 늘어섰던 숲 속의 나무들도 초록 잎으로 몸집을 키우며 빽빽하게 늘어서 있다.

 씨앗을 뿌려야 할 끝자락인 망종芒種이 지나면 농부들의 손길이 바빠진다. 밀과 보리를 베어 내면 곧 모내기도 시작되겠지. 최근에는 보리농사가 채산성이 없어 수확량이 줄다 보니 오히려 보리 값이 만만치 않다는 소식도 있다.

 그리고 머지않아 연례행사인 지루한 장마가 한반도를 찾아올 것이다. 그러나 장마의 진행 과정이나 모습이 옛날과 사뭇 다르다. 최근의 장마는 꾸준함이 없고 불규칙하다. 햇빛이 나면서 비가 내리는가 하면, 하루걸러 쉬엄쉬엄 내리기도 한다. 흔히 말하는 마른장마와 쉬어 가는 장마다.

 비 오는 날 우산을 받고 들길 따라 산책을 나선 적이 있는가? 나는 인적이 뜸한 비 내리는 들길이 너무도 좋다. 시커먼 연기와 소음을 내뿜는 차량도, 내 생각을 가로막는 어떤 눈길도 없어 더욱 좋다. 마치 온 세상을 독차지한 느낌이랄까? 빗소리를 리듬 삼아 가곡도 불러 보고 어설픈 옛 팝송도 흥얼거려 본다.

신발이 비에 젖고 소맷자락에 빗물이 스며들건만 가슴은 오히려 따뜻해짐은 무슨 까닭일까? 빗방울을 머금은 초목의 색깔이 더욱 짙어진다. 비록 하늘은 어둡지만 맑은 공기와 푸른 잎이 찌들었던 육신을 씻어 주는 느낌이다.

시공時空을 초월한 나만의 세계를 멈추게 한 건 비가 그침을 알린 까마귀의 요란한 울음소리였다. 드디어 나만의 호화로웠던 운신은 끝이 나고 어둠이 내린 도로를 따라 일상으로 돌아온다.

땅거미가 짙어지는 낯선 도심에 들어서자, 어디선가 '수잔 잭스'의 감미로운 목소리가 허공을 가른다. 세대를 넘나드는 불후의 명곡 〈에버그린Ever green〉이었다. 언제 어디서 들어도 가슴을 녹여 주는 편안한 멜로디다.

어느 누군가 말했다. 우리가 명곡에 빠져드는 이유는 노래를 듣기 때문이 아니라 추억을 듣기 때문이라고……. 진정 가슴에 와 닿는 명언이다.

일 년 중 낮의 길이가 가장 길다는 하지가 코앞에 와 있다. 머지 않아 찌는 듯한 더위가 메마른 대지를 데워 줄 테지.

지루한 장맛비가 잠깐 숨을 고르던 6월 하순의 어느 날, 경기도 하남에 위치한 검단산으로 산행길에 올랐다. 나이 탓인지 무척 힘든 등정登頂을 끝내고 하산길 끝자락에 자리 잡은 밭둑에 발길을 멈췄다.

아! 이런 곳에서 구세주를 만날 수 있다니······. 잠시 일손을 멈춘 농부와 걸쭉한 막걸리를 나눌 수 있는 행운이 찾아왔다. 얼음에 재워둔 열무김치와의 기막힌 조화, 어디서 이런 꿀맛을 임매할 수 있겠는가. 모처럼 목구멍에 호강을 시켜 준 것 같다.

흙 묻은 면장갑으로 땀에 젖은 콧등을 쓸어내리는 농부의 모습에서 그의 진솔함을 읽는다. 몇 해 전부터 도시를 벗어나 구슬땀의 참맛을 배운다는 그의 얼굴에 행복이 묻어난다. 오늘은 콩밭을 메고 내일은 가을 옥수수를 심겠다는 촌부의 거친 손이 밉지 않다. 맛이 진한 가을 옥수수는 지금 심는 것이 알맞은 시기라는 게 그의 부연 설명이다.

자리를 뜨면서 배낭에 남았던 초콜릿과 찹쌀떡 한 팩을 살짝 내려놓고 아쉬운 작별을 고한다. 맛난 새참을 얻어먹고 너무 허술한 보상을 치른 것 같아 미안하기 짝이 없다.

성하의
계절
7월

드디어 뜨거운 계절 7월이 찾아왔다. 일 년 중 가장 덥다는 소
서와 대서도 이달에 들어 있다. 지루했던 장마도 임무를 끝내고
고온 다습한 날씨를 남긴 채 물러났다. 이제 우리들에겐 새로운
즐거움이 기다리고 있다. 모두 약속이나 한 듯 산과 바다로 피서
를 떠난다. 흔히 말하는 바캉스 시즌이다.

프랑스 사람들은 1개월의 멋진 바캉스를 누리기 위해 11개월 동
안 돈을 모은다고 하니 정말 낙천적인 민족이다. '스콜피언스'의
〈홀리데이Holiday〉를 흥얼거리며 긴 휴가를 떠나는 그들의 모습이
눈에 선하다.

북유럽 쪽의 대부분의 나라는 사회보장제도가 잘 갖춰져 있어
노후 생활이 비교적 안정적이다. 따라서 평소 죽기 살기로 저축
에 목 맬 일이 없다. 우리로서는 부자 나라에 태어난 그들이 부러
울 따름이다.

노을 위에 쓰는 낙서

'바캉스'는 프랑스어로 '비운다'는 뜻인데 원래 라틴어에서 나온 말로 '무언가로부터 자유로워진다'는 뜻이라 한다. 삶에 지친 심신을 내려놓고 마음을 치유한다는 뜻이리라.

그런데 여름휴가를 즐기기 위해 우리가 감내해야 할 고통이 너무 크다. 거의 동시다발적으로 이동하는 차량 때문에 도로는 주차장을 방불케 하고 피서지는 인산인해로 발 디딜 틈이 없다.

또한 한철 장사를 노리는 바가지 상혼까지 활개를 치고 있으니 더위에 짜증까지 겹쳐 모처럼 맞은 휴가를 엉망으로 보내는, 한마디로 생고생만 하고 돌아오기가 일쑤다.

따라서 바캉스도 성수기를 피해 비수기에 일정을 잡는 것도 현명한 방법이 아닐까 싶다. 꼭 더위를 피하는 것이 목적이 아니라면 말이다. 사람들이 들끓는 해수욕장이나 계곡을 비슷한 시기에 가란 법은 없지 않은가. 물론 선택은 각자의 몫이겠지만…….

여름에는 삼복三伏이라는 잡절雜節이 있는데 24절기와는 다른 개념이다. 하지로부터 3번째 경일[庚日: 십간十干의 7번째에 위치함]을 초복으로 정하고 그 후 10일 간격으로 중복, 말복이 온다. 그러나 월복越伏이라 하여 중복과 말복의 간격이 20일이 되는 예외도 가끔 있다.

예부터 우리 조상들은 이 시기에 더위를 쫓는 음식을 즐겼는데, 이열치열以熱治熱이라 하여 뜨거운 탕을 즐겨 먹었다. 그러나 생활 형편이 어려운 빈민들은 계곡을 찾아 탁족(濯足: 물에 발을 담그는 요법)으로 더위를 쫓는 것이 고작이었다고 전해진다.

7월의 달력은 분주하다. 장마를 보내고 더위와 싸우다가 며칠

간의 바캉스를 즐기다가 잇따라 삼복 음식에 빠지다 보면 맹렬한 염천의 기세도 꺾이게 된다. 깊어 가는 여름밤 더위에 지친 육신은 전전 반측轉轉反側 잠을 못 이루는데 어디선가 뜨거운 밤을 깨우는 트럼펫 연주가 귓전을 울린다. 가슴속에 묻혔던 응어리가 순식간에 사라지는 느낌이다.

〈바다의 협주곡〉이다. 아! 영혼을 울리는 환상의 선율이여! 삶에 지친 심신을 토닥토닥 달래 주는 멋진 멜로디가 뜨거운 여름밤을 식혀 주고 있다.

8월의
새 다짐

　더위가 절정으로 치닫고 있다. 그러나 절기節氣는 또 다른 계절을 맞기 위해 새로운 준비를 하는 현명함이 있다.

　8월의 초순에 자리한 입추立秋가 여름의 종말을 예고하고 있다. 뜨거운 열기로 가득 찼던 해수욕장과 계곡에는 발길이 끊어지기 시작했다. 이제 더위가 가시면 그동안 느슨했던 마음을 추스르고 원래의 일상으로 돌아와야 한다. 바캉스 기간 동안 텅텅 비었던 도심의 도로에도 활기가 넘친다. 모두 약속이나 한 듯⋯⋯.

　들판에는 뜨거운 햇살을 품은 곡식들이 마지막 열정을 불태우고 있다. 자신들이 이루어 낼 임무를 잘 알고 있기에 분주한 일상을 보내고 있다.

　숲 속에는 매미 소리가 요란하다. 짧은 생을 아쉬워하는 그들의 운명이 가엽기 짝이 없다.

　7여 년을 땅속에서 머물다가 우화羽化한 지 겨우 이레 만에 생을

마감해야 하는 매미의 일생, 하잘것없는 미물微物이나, 만물의 영
장이라는 우리 인간도 생명은 단 하나뿐 아니던가? 우리가 진실
하게 살아야 할 확실한 이유를 보잘것없는 매미가 잘 일깨워 주고
있다.

계절의 신호등은 절묘하다. 아니, 신통하다. 처서를 지나자 그
토록 극성을 부리던 더위의 기세가 한풀 꺾인다. 아침저녁으로
제법 시원한 바람이 불어와 더위에 찌든 육신에게 생기를 불어넣
는다.

24절기 중 처서를 기점으로 더위가 멈춘 것이다. 정말 절묘한
반전이 아닌가? 24절기는 중국의 주나라 때 화북지방(베이징,톈진
지역)의 기상 상태에 맞춰 그 호칭이 지어졌다고 전해진다.

한반도의 약 43배의 크기인 광활한 대국인 중국은 그 나라 지역
간에도 기후의 편차가 심하다. 그러나 중국의 화북지방과 우리나
라의 위도를 살펴보면, 조금 차이가 나지만 그 간극이 크지 않아
기후 현상도 엇비슷한 것이다. 따라서 우리의 실생활, 특히 농사
의 일정에 많은 참고가 되고 있다.

물론 24절기 기후 현상이 100% 맞아떨어지지는 않지만 그 활용
가치는 높이 평가되어야 한다고 본다. 왜냐하면 기상과학과 천문
술이 첨단화된 지금도 우리는 해마다 24절기를 거치면서 그들이
남긴 지혜로움에 감탄하고 있는 것은 사실이기 때문이다. 한마디
로 이것은 세대를 넘나들 걸작이라 말하고 싶다.

이제 9월이 보인다. 상쾌한 바람이 불어오며 9월이 눈앞으로

노을 위에 쓰는 낙서

성큼 다가올 것이다.

'빌리번 악단'의 연주곡 〈9월이 오면comes september〉의 멜로디가 입가에 맴돈다. 언제 들어도 상큼하고 새콤한 마치 잘 익은 사과 맛처럼 몸속에 젖어든다.

이 나라에는 사계절이 어김없이 찾아온다. 마치 수레바퀴가 돌 듯이……. 그러나 옛날에는 일정하던 계절의 간격이 최근에는 불규칙해졌다. 변칙과 돌연성이 공존하고 있는 셈이다.

즉, 각 계절이 길이가 들쭉날쭉해진다는 이야기다. 우리는 그들을 맞아 풍광을 즐기기도 하지만 때로는 화가 난 기상 이변에 두려움을 느끼기도 한다. 모두 인간이 자연에게 뿌린 죄의 씨앗 때문이다. 그렇지만 우리는 여전히 그들로부터 많은 은혜를 입고 있다. 그들에게 감사해야 할 이유는 충분하다.

9월의
약속

코스모스가 가득 핀 들판에 홀로 섰다. 청아한 여인이 분홍빛 원피스를 차려입고 춤을 추는 듯하다. 6월부터 모습을 보이는 성급한 코스모스도 있지만 아무래도 9월에 절정을 이룬다. 우윳빛, 분홍빛, 자줏빛 꽃들이 다정스럽게 어울린 모습을 보노라면 탐욕에 젖은 속인(俗人)의 가슴이 씻기는 듯하다.

코스모스는 우리의 마음을 맑게 하는 고마운 꽃임에 틀림없다. 그러나 만남 뒤에는 늘 이별이 있듯이 청순한 저 천사들도 머지않아 우리 곁을 떠나리라.

들판은 서서히 황금빛으로 물들기 시작한다. 풍요로운 들녘처럼 우리의 생각도 함께 여물어진다면 얼마나 좋을까? 붉은 노을을 등지고 곡식들이 익어 가고 있다. 머지않아 참새 떼들이 찾아오면 밀짚모자를 눌러 쓴 허수아비도 들판을 지키겠지.

그러나 시대가 변한 탓인가? 안타깝게도 요 근래 허수아비는 위

노을 위에 쓰는 낙서

세가 떨어지고 말았다. 허수아비의 허망한 독백이 들려온다.

"유행가 가사에도 있었지. 노란 참새, 널 보내야 할 운명이지만 나를 더 이상 거들떠보지도 않는 건 왜냐고?"

"언제부터 알았느냐. 내가 그저 모자 하나 둘러쓰고 넝마 걸친 허깨비인 것을……."

어느새 임무는 간곳없고 소풍 나온 아이들의 그림 소재로 전락하고 만 허수아비. 미래의 존립까지 걱정하게 될 줄 누가 알았을꼬? 허수아비의 고뇌가 깊어만 간다.

신선한 아침 공기를 맞으며 산책길을 나선다. 백로가 지나자 하얀 이슬이 풀잎에 맺혀 있다. 머지않아 찬 이슬도 땅 위를 움츠리게 하겠지. 하늘을 우러러본다. 아! 이 나라의 9월 하늘은 어찌 이토록 맑고 푸른가? 어느 시인의 말처럼 하얀 손수건을 하늘에 던지면 코발트 색깔이 묻어나올 듯하다. 황사와 미세 먼지에 찌든 봄과 겨울의 잿빛 하늘이 곁눈질하며 시샘할 것 같다.

깊어 가는 9월, 들판에서 익어 가는 온갖 곡식들……. 벼, 조, 옥수수, 뜨거운 햇살과 비바람 그리고 무서운 천둥소리를 참고 이겨 낸 지난 나날들, 이제 차분히 고개를 숙이며 자숙의 시간을 갖는다. 그대들에게 모두 다 드리겠노라고 말하는 듯하다.

자연이 인간에게 전하는 메시지가 있다면 그것은 진실이다. 자연은 거짓을 말하지 않는다. 인간이 자연에게 거짓을 말하면서 진실을 기대할 수는 없다.

땀 흘려 가꾸고 보듬어 주면 그들은 진실의 열매를 돌려준다. 우리 인생도 마찬가지, 고개 숙이며 겸손을 익혀야 하리라.

불타는
10월

온 누리가 황금물결로 출렁이고 있다. 산과 들에는 오곡백과가 무르익고 여름 내내 푸르름을 뽐내던 나무들도 겨울을 맞을 준비에 분주한 하루를 보내고 있다.

조상에게 땀 흘려 거둬들인 햅쌀밥과 다양한 과일을 진상하는 한가위도 대개 양력 구월이나 시월에 맞는다. 그러나 때로는 계절이 늦게 찾아와 제철 곡식과 과일들이 한가위에 미치지 못하는 일도 더러 있다.

하여 한가위 명절을 미국의 추수 감사절처럼 11월(셋째 일요일) 중순으로 늦춰 잡자는 의견도 있다. 일리가 있는 말이지만 수천 년을 걸쳐 전통으로 내려온 민족의 고유 명절을 함부로 조정할 수는 없는 일이다.

요즘은 논밭의 농사일도 기계로 척척 처리할 수가 있어 농부들의 가을걷이도 한결 수월해졌다. 덕분에 추수를 끝낸 농민들도

노을 위에 쓰는 낙서

단풍 구경을 가는 등 나름 풍요로운 가을을 맞기도 한다. 때늦은 일이지만 반가운 현상이다.

불과 수십 년 전만 하더라도 그들에게 단풍 구경은 꿈도 못 꿀 일이었다. 나뭇잎은 빨갛게 노랗게 산에 수를 놓으며 물들어 가건만 그들은 허리를 굽혀 낫질을 하며 벼를 베고, 도리깨질로 탈곡을 해야 했다. 그리고 빈 논에 다시 보리를 심고 겨울나기에 여념이 없었다.

이렇듯 옛 조상들은 겨울이라고 해서 쉬는 날이 별로 없었다. 농한기의 개념이 없었던 것이다. 남정네는 광이나 사랑방에 앉아 새끼를 꼬고, 여인들은 틈만 나면 베틀에 앉아 베를 짜곤 했었다. 그러나 그토록 쉴 새 없이 고단함과 삶을 함께 나누었건만 가난의 그늘에서 벗어날 수 없었다.

먹거리도 시원찮아 섭생도 변변치 못하여 온갖 질병에 시달려도 몸져누울 수도 없었다. 병원을 가거나 약을 먹는 것도 그들에겐 사치였는지도 모른다. 이러한 모진 세월을 겪으면서도 오직 자식들을 위한 일념一念뿐이었고, 자신들의 삶에서 찾을 수 있는 것은 아무것도 없었다.

이젠 세상이 많이 변하여 지금의 부모 세대는 자신들의 삶을 찾기 시작했다. 무척 다행스런 일이고 당연한 현상이다.

단풍은 9월 하순부터 시작하여 10월 중순에 절정을 맞는다. 기상청은 한 해의 강수량과 기온의 차이에 따라 변수가 있지만 설악산은 9월 말, 북한산, 월악산, 가야산 등은 10월 15일경이 단풍의 절정시기라고 말한다.

나뭇잎에 단풍이 드는 것은 그들의 생존 전략이다. 모든 나무는 특히 활엽수는 겨울을 나기 위해 잎으로 가는 수분을 차단시킨다. 이때 잎이 목숨 줄을 끊으면서 단풍을 선보이게 되는데 나뭇잎에 들어 있는 여러 가지 색, 즉 노랑, 빨강, 갈색 등의 색소가 채색彩色의 역할을 맡게 된다. 이러한 일련의 과정이 우리 인간의 눈에는 단풍이 물드는 모습으로 보이게 되는 것이다.

　　그들이 살아가기 위한 수단이 우리에겐 감탄이 되고 시와 노래가 되기도 한다. 하여 여기에는 저물어 가는 생명체를 즐기는 인간의 이기적인 모순이 숨어 있다.

　　우리에게 볼거리를 제공한 단풍은 한동안 자신을 불태우다가 땅 위에 떨어진다. 그 낙엽들은 흙과 겹겹이 쌓여 부토腐土가 되고 영양분이 되어 자신을 키워 준 나무뿌리로 되돌아간다. 불교 교리에서 일컫는 이른바 윤회輪廻와 환생이 나무에게 적용되고 있는 셈이다.

　　낙엽은 나무 아래 떨어져 자신을 버리기도 하지만 오솔길이나 거리로 나와 우리의 정취를 북돋아 준다. 수북하게 쌓인 낙엽을 밟으며 우리는 또 다른 감회에 젖는다.

　　시인은 낙엽을 보고 시상詩想을 얻고 작곡가는 음악을 창조한다. '구르몽'은 연모했던 여인 '시몬'을 그리며 「낙엽」이란 시를 읊었고 '이브몽땅'은 「고엽」을 노래했다.

　　이들의 메시지가 우리 가슴에 오롯이 묻혀 있는 이유는 낙엽이란 단어가 인생역정歷程과 비유되고 옛 청춘의 아련한 추억을 끄집어내는 그리움 같은 존재이기 때문이다.

　　거리의 낙엽은 머지않아 초라하게 시든 채 어디론가 떠날 것이다. 고독한 영혼이 되어 긴 방황을 하다가 종국에는 땅에 묻힐 것이다. 메마른 가지에는 찬 이슬이 맺히고 뒤따라 서리가 내리면 우리의 마음은 어느덧 깊은 가을을 닮아 갈 것이다.

11월의
꿈

거리는 메말라 있다. 구름 뒤에서 빼꼼히 얼굴을 내민 태양은 숨쉬기도 버거운 듯 희엿한 햇살을 토해 내고 있다. 물기 없이 건조해진 나뭇잎들은 정처 없이 거리를 떠돌고 도시의 영혼들은 고개를 움츠린 채 가던 길을 재촉한다.

계절이 주는 두려움 때문인가? 그대들이여! 허리를 쭉 펴라! 비록 이 계절이 전하는 메시지가 무겁더라도 주눅 들지 마라.

이른 아침 삐거덕거리는 손수레를 이끌고 폐지를 줍는 초췌한 노인들의 행보에 가슴이 시려 온다. 고단한 삶을 견디지 못해 생을 포기하려는 어리석은 자들에게 묻는다. 그토록 나약한 육신을 이끌고 험난한 삶을 이어 가는 지친 영혼을 보고 심경의 변화가 없던가? 그들이 단지 폐지 몇 킬로그램을 더 줍는다고 어려운 삶이 당장 바뀌는 것은 아니다. 그러나 그대들이 어느 절박한 순간에 어떤 야망과 도전의식이 있었던가 묻고 싶다.

노을 위에 쓰는 낙서

지금의 삶이 척박하더라도 무언가 할 수 있는 일부터 시작하는 것이 의미가 있다. 비록 그것이 보잘것없는 하찮은 일일지언정…….

삭막해지는 11월, 얼마 남지 않은 한 해를 잘 마무리하기 위해 용기와 희망의 끈을 놓아서는 안 될 일이다. 가진 자건 못 가진 자건 이 세상에서 고통과 번뇌가 없는 사람이 얼마나 되겠는가? 어차피 우리의 삶은 그것들과 싸우면서 살아남아야 할 숙명이 아니던가.

인생에서 달콤한 것만 있다면 오히려 삶이 무의미하고 건조하며 투박한 나무토막 같은 느낌이 들 것이다. 모진 풍상風霜 뒤에 맞는 햇살이 진정한 삶의 가치를 느끼게 하는 것처럼…….

이런 연유에서 우리는 11월의 꽃 국화로부터 많은 교훈을 얻는다. 모진 비바람과 천둥소리를 이겨 내고 마침내 서릿발이 서 있는 차가운 날씨에도 꽃을 피우는 국화로부터 기개와 용맹을 배운다.

국화가 우리에게 베푸는 것은 이것만이 아니다. 꽃에서 뿜어내는 그윽한 향기는 메마른 정서를 일깨우고 식어 가는 우리의 가슴을 따뜻하게 데워 준다.

국화의 종류도 아주 많다. 시골 아낙의 순박함이 엿보이는 청초한 들국화, 넉넉한 여인의 치마폭 같은 대륜국화도 있다. 햇볕을 맞으며 소담스럽게 손짓하는 감국도 있고, 가을 하늘을 머리에 이고 갈 듯 키가 큰 쑥부쟁이, 그리고 원산지가 우리나라인 벌개미취도 있다. 그러나 쑥부쟁이와 벌개미취는 개화 시기가 좀 이르다.

한겨울을 맞기 전에 바람이 쉬어 가는 낮은 산길을 찾았다. 추위가 깊어지기 전에 낙엽에 덮인 질척한 흙냄새와 소나무 향기가 그리웠기 때문이다.

겨울을 나기 위해 눈 코 뜰 새 없이 분주히 오가는 재빠른 녀석들을 만났다. 다람쥐가 도토리를 입에 물고 나뭇잎에 덮인 흙을 파헤친다. 겨우내 먹을 식량을 이곳저곳에 저장하는 과정이다.

그러나 안타깝게도 이 녀석들은 자신이 묻어 놓은 도토리를 오랫동안 기억할 수가 없다. 묻고 나서 대략 3개월이 지나면 자신의 체취가 사라져 찾을 수 없게 된다는 것이다. 그리고 주인을 잃은 도토리는 이듬해 싹을 트고 새 생명을 탄생시킨다. 이것이 숲을 융성시키는 조물주의 조화다.

모처럼 찾은 산길이 포근하게 다가온다. 날씨는 음산하고 쌀쌀하긴 해도 다람쥐들의 바지런함과 삶에 대한 열정이 내 가슴속 깊이 전해 왔기 때문이리라.

땅거미가 내리는 어느 날 늦은 오후, 지인들과의 저녁 모임을 위해 모처럼 도심을 찾았다. 코끝을 자극하는 진한 커피 향을 쫓다가 어느 스타벅스에 들어선 내 자신을 발견하였다.

나는 커피를 마시는 것보다는 가슴속 깊이 스며드는 보랏빛 향기가 더 좋다. 이러한 분위기에 어울리는 멋진 노래가 있었지. 아니, 노래가 아니라 차라리 한 편의 아름다운 시였다. '노고지리'가 부른 〈찻잔〉이라는 노래다.

노을 위에 쓰는 낙서

너무 진하지도 않은 향기를 담고

진한 갈색 탁자에 다소곳이

말을 건네기도 어색하게

너는 너무나 조용히 지키고 있구나

(후략)

식어 가는 찻잔을 만지작거리며 노랫말을 되뇌어 본다. 누군가 말했다. 이럴 때 눈을 감는 것은 추억을 찾기 위해서라고……

더 늦기 전에 이제 자리를 떠야 한다. 아쉬움을 밀쳐 내고 출구를 나선다. 그때 귓전에 들려오는 애절한 노래가 나의 걸음을 멈추게 한다.

떠나간 연인을 그리며 〈원 모어 타임one more time〉을 열창하는 '리처드 맥스'의 절규가 내 영혼을 울린다.

그대가 나와 함께했던 지난날처럼

그대를 다시 한 번 안을 수 있다면

내 눈이 멀고 그래서

당신이 내 곁에 머물도록

(후략)

그의 간절한 노래는 이어지고 지인들과의 약속은 잊혀 가고 있다. 넋 잃은 나그네의 머무름은 언제 끝날지……

12월을
보내며

마침내 한 해의 끝자락 12월이다. 무언가에 쫓기듯 총총걸음을
하는 도시의 그림자가 거리를 가득 채우고 있다. 대설大雪, 동지,
성탄절, 세모歲暮 12월을 상징하는 대표적인 절기와 이벤트이다.

이맘때면 청춘들은 눈을 기다린다. 펑펑 쏟아지는 흰 눈을 맞으
며 명동성당 옆 진고개를 거니는 연인들……. 우리는 그들의 다
정한 모습에서 옛 기억을 쫓는다.

"그래! 맞아 우리에게도 저런 시절이 있었지. '뽈모리아' 악단이
연주한 러브스토리 OST 〈눈싸움〉을 흥얼거리며 깔깔대기도, 미
끄러지기도 했었지."

그러나 이젠 먼 기억의 뒤편에 있는 돌이킬 수 없는 추억이 되
고 말았다. 하지만 누가 뭐래도 눈의 정취는 시골의 들길에서 느
낄 수 있다.

문득 서산대사의 시 「답설踏雪」이 떠오르다. 그대들이여! 이 시를

노을 위에 쓰는 낙서

읽지 않고 감히 눈 내린 들길을 논하지 말라.

눈 덮인 들길을 갈 때
모름지기 어지럽게 걸어가지 말지다
오늘 내가 걸어간 발자취가
반드시 뒷사람의 이정표里程標가 될 것이니

비단 눈길에만 해당되는 말이겠는가? 우리네 인생살이도 자신의 영달에만 급급하지 말고 항상 뒤돌아보며 운신하라는 깊은 뜻이 이 시에 숨어 있다.

서산대사, 그의 속명俗名은 최여신, 법명은 휴정休靜이다. 그의 법명 속에 스님이 걸어온 삶의 족적이 엿보인다. 그는 당대의 선각자先覺者이자 선구자이기도 했다. 스님의 신분으로 임진왜란에 참전하여 혁혁한 공을 세운다. 그 후 벼슬길에 들어섰으나 간신배들의 숱한 모함과 음해를 받고 자연으로 돌아온다. 속세를 벗어난 그는 청산과 구름을 벗 삼아 풍광風光을 노래하며 한 시대를 풍미하였다.

그는 시 「답설」에서 인간이 갖추어야 할 보편적 가치와 덕목을 간단명료한 시 한 편으로 제시하고 있다.

이제 우리는 한 해를 떠나보내야 한다. 성탄절을 맞아 예수 탄생의 뜻을 공유하고 삶의 진정한 가치를 음미해야 할 것이다.

세모를 맞게 되면 진중한 마음으로 새해를 품어야 한다. 나이 할 살 더 먹는다고 서러워할 일이 아니다. 삶을 볼 수 있는 눈이 한결 밝아짐을 기뻐하라.

TV에서는 송년 행사를 치르는 음악회가 깊어가는 겨울밤을 뜨겁게 달구고 있다. 날씬한 몸매의 여가수가 유창한 영어로 팝송을 열창하고, 무희들은 환상의 춤사위로 스크린을 압도하고 있다.

벨기에 출신 가수 '다나위너'가 부른 〈스테이 위드 미 틸 더 모닝 Stay with me till the morning〉이 세모의 분위기를 한껏 돋우고 있다.

> 네온 불빛 위로 새벽 동이 트고
> 밤은 차츰 흐려지고 곧 날이 밝아 오네
> 그대가 떠나며 나의 빈자리를
> 따뜻하게 데워 주었지
>
> (중략)
>
> 아침이 밝아 오기까지
> 나와 함께 머물러 주오

눈시울을 적시며 감정에 몰입하던 여가수는 노래를 끝내고 무대 뒤편으로 사라졌다. 화면에 비친 청중들도 노래에 취한 듯 한동안 넋을 잃은 듯하다.

달력 맨 끝장에서 꼬박 1년을 기다려 온 12월의 달력 갈피도 이제 제 임무를 끝내고 뒤편으로 사라지리라. 곧 자정이 되면 보신각의 종이 울리고 다시 새로운 시대가 펼쳐질 것이다.

함께 나눈 영욕榮辱은 모두 날려 보내며 아름다운 꿈을 품어야

노을 위에 쓰는 낙서

할 터. 자! 그대들이여, 지금껏 그대들이 쭉 그래 왔듯이 새해에
도 잊지 말고 이어 나갈 일이 있다.

외로운 자들에겐 사랑을 나눠 주고
가난한 이웃에겐 쌀 한 줌을 베풀고
미운 자들에겐 따뜻한 용서를…….

아듀! 12월이여!

2.

풍요로운
삶을
찾아

행복해지는
길

행복이란 무엇인가? 인간은 왜 끊임없이 행복을 추구하는 것일까?

심리적 해석으로 행복이란, 인간이 뜻을 이루어 조금도 부족함이 없는 마음의 상태라고 말하고 있다. 그런데 이 세상 어느 누가 이런 상태로 100% 근접할 수 있을까?

미국의 모 대학 심리학 교수가 연구한 바에 의하면, 행복의 지속 기간은 대략 3개월 남짓하다고 한다. 가령 어떤 사람이 고액의 복권에 당첨되어 횡재를 했다고 하더라도 그것으로 인해 누리는 행복감은 3개월에 불과하고 곧 시들해진다는 것이다.

결국 인간은 어떤 심적·물적으로 풍족한 상황에도 오랫동안 만족하지 못하고 새로운 행복 찾기에 나선다는 것이다. 그렇다면 우리는 행복을 지속적으로 유지할 수 있는 해답을 갖고 있는 것이 아닐까?

노을 위에 쓰는 낙서

백수白壽를 바라보고 있는 국내 철학의 대가 김형석 교수(2017년 현재 98세)는 행복해지는 길에 대해 다음과 같이 갈파하고 있다.

"선택하고 실행에 옮겨라."

즉, 자신이 선택한 일을 즐거운 마음으로 이행해 나가는 과정이 행복을 얻는다는 뜻으로 이해하면 되겠다.

행복을 찾는 길은 자신이 즐거워할 수 있는 선택지를 많이 확보해 놓고 이를 차근차근 실행에 옮기는 것이다. 꼭 많이 가지고 있는 자가 행복을 누리는 것은 절대 아니다. 가진 것이 부족한 자들도 격에 맞는 행복을 맛볼 수 있다.

예를 들어, 하루하루를 힘겹게 살아가는 서민들도 자신의 경제 규모에 맞게 저축을 해 보는 일이다. 쓰고 남은 돈만 저축하겠다는 것은 저축할 의지가 없는 것과 마찬가지다. 비록 힘에 부치더라도 일정액을 저축해 놓고 남은 금액으로 살림살이를 해야만 저축을 할 수 있다. 따라서 한 달에 몇 만 원이라도 붓는 정기적금에 가입하라. 만기가 될 때까지 힘든 과정이 있겠지만 목돈을 챙길 그 꿈을 향해 기다리는 것 자체가 행복이 되는 것이다.

주부라면 사랑하는 가족이나 지인을 위해 짬짬이 뜨개질을 해보라. 그것이 하찮은 목도리건 시간이 걸리는 스웨터이던 한 뜸 한 뜸 뜨개질을 할 때마다 가슴이 따뜻해짐을 느낄 것이다. 그리고 마침내 완성된 그것이 누군가에게 전해질 때 받는 사람의 고마움이 몇 배로 보태져서 자신에게 되돌아올 것이다. 그 기쁨은 황금으로도 비교할 수 없는 소박한 행복으로 바뀌게 된다.

자신을 겨냥해 행복을 찾는 것도 방법이 될 수 있지만 타인을 위한, 즉 남에게 베풀어 줌으로써 행복을 느끼는 길도 많이 있다.

흔히 생각하기 쉬운 경제적 지원만이 베풂의 전부는 아니다. 사소한 것이라도 남에게 베풀면 우선 마음이 편안해지고 가슴이 따뜻해진다.

길을 걷다가 힘겹게 손수레를 끌고 가는 사람을 보았다면 그 뒤를 살짝 밀어 주라. 극히 미미한 일이지만 도움을 받은 자는 세상의 따뜻함을 느끼며 굳세게 살아가겠다는 용기를 갖게 될 것이다. 또한 그가 받은 용기는 베푼 자의 마음을 넉넉하게 만들어 줄 것이다.

노약자가 길을 건널 때 관심 있게 지켜봐 주는 그 자체도 소박한 베풂이 될 수 있다. 갓 담아낸 김치 한 포기, 떡 한 조각, 나물 한 접시라도 이웃과 나누어 보라. 받는 사람과 주는 이 모두 마음이 푸근해지고 행복으로 차오르는 것을 느낄 수 있을 것이다.

감나무 밑에서 입을 벌리고 있으면 감을 먹을 수가 없듯이 스스로 찾아 나서야만 행복의 길이 보인다.

사람이 살다 보면 어찌 마음에 드는 일만 있겠는가. 때로는 궂은일, 슬픈 일, 언짢은 일도 받아들일 수 있는 자세도 필요하다. 행복만을 바라고는 진정한 행복을 느낄 수 없다. 불행도 수용할 수 있는 마음가짐도 있는 자가 진정한 행복을 느낄 수 있다.

앞에서 언급한 것처럼 어떠한 불행도 행복감과 마찬가지로 3개월 정도만 지나면 서서히 치유되고 사라진다는 심리학 교수의 연구 결과도 있다고 하니, 갑자기 어떤 불행을 만나더라도 두려워하지 말자.

여기에 꼭 명심해야 할 명언이 있다. "행복은 자신의 만족에 있다.”는 서양의 한 격언이다. 행복은 자신의 마음먹기에 달려 있다는 뜻이다. 불행도 같은 맥락脈絡이리라.

그리고 한 가지 더 새겨 두어야 할 명귀가 있다.

“탐욕과 행복은 한 번도 마주친 적이 없다.”

탐욕을 가진 자는 행복할 수가 없다는 ‘아라비아’의 속담이다.

선택의
인생

우리 인생의 삶은 사사건건 선택의 연장선상에 있다. 일찍이 프랑스의 작가 겸 사상가인 장 폴 사르트르는(1905-1980) 다음과 같이 갈파했다.

"Life is C between B and D."

여기서 'C'는 선택Choice, 'B'는 출생Birth, 'D'는 죽음Death을 뜻한다. 쉽게 풀이하면, 인생은 태어나서 죽을 때까지 선택의 길에서 서 있다는 뜻이다.

그런데 우리 인간은 몇 살 때부터 선택할 수 있는 능력을 갖게 될까? 전문가가 답할 질문이겠지만 어느 정도 사리 분별을 할 수 있는 할 수 있는 나이라고 보면, 적어도 초등학교를 입학하는 연령은 되어야 가능하지 않을까 싶다.

신생아는 본능적 활동 외는 선택의 여지가 없는 시기이고, 유아기는 부모나 돌보는 자들에 의해 극히 제한적인 활동을 하는 때라고 보면 아무래도 취학 연령인 만 7세 전후부터 선택할 수 있는 능력이 생기며 이때부터 이성과 인격이 형성되기 시작되지 않을까 조심스레 추측해 본다.

남녀노소 어느 누구나 매일매일 선택의 기로에 서 있는 것이 우리 인생의 숙명이기도 하다. 따라서 인간은 수많은 선택지에서 어떤 선택을 하느냐에 따라 운명이 바뀔 수 있고 희비가 엇갈리는 상황을 맞는다.

이런 까닭에 사람에겐 성장기부터 현명한 선택을 할 수 있는 능력을 기르는 것이 필요하다. 그러면 어떻게 하면 후회 없는 선택을 할 수 있을까? 만약 이것이 어렵다면 후회를 최소화할 수 있는 방법은 무엇일까?

앞에서 잠깐 언급했듯이 이성과 인격이 형성되기 시작하는 만 7세 전후가 올바른 선택을 이끌어 주는 중요한 기점이다. 따라서 이 시기에 부모들의 역할이 절대적이다. 대다수 부모들은 아이들에게 지나친 간섭과 잔소리를 일삼는데, 이것은 오히려 아이들의 정서를 메마르게 하고 창의성과 판단력을 가로막는 독이 될 수 있다. 아이들의 무모한 행동에는 제동을 걸되 가급적 자율성을 부여하기 바란다. 여기서 부모들이 아이들에게 권장할 세 가지만 뽑아 본다.

첫째, 어릴 때부터 위인전 같은 양서를 많이 읽게 해 주는 것이다. 사실 이것은 우리가 어렸을 때부터 많이 들었던 가르침이다. 위인들이 걸어온 발자취를 통해 그들이 맞닥뜨린 위기를 극복하는 방법을 터득하고 삶의 기로에서 선택할 지혜를 배우게 하는 것이다.

둘째, 아이들이 밖에서 맘껏 뛰어놀게 하라. 아이들이 또래들과 놀다 보면 다투거나 가벼운 싸움질도 하게 되는데, 이런 과정 속에서 소통하고 화합하는 기술을 배우게 된다. 즉, 스스로 문제를 해결하는 법을 찾게 하는 것이다.

마지막으로, 여건이 허락하는 범위에서 아이들에게 여행을 시켜라. 가정과 학교에서 틀에 박힌 생활에서 벗어나 새로운 환경에서 느끼고 적응하는 능력을 키워주는 데 많은 보탬이 될 것이다.

한편, 아이들의 초등학교 입학 전후가 바깥세상에 첫발을 내딛는 때이다. 이때부터 그들에게 모험과 시련이 시작된다. 그것들과 힘겨루기를 하면서 수많은 시행착오를 범하고 순간순간을 적응해 나가는 것이다. 이런 과정 속에서 참을성도 생기고 선악을 구별할 능력이 배양된다.

학교를 파하기 무섭게 이런저런 학원에 보내는 것이 능사가 아니다. 가급적 자율에 맡겨 스스로 해결할수록 도와주는 것이 중요하다.

이 시대에 맞벌이 부부가 많아 아이들 돌볼 여유도 없고 먹고 살기도 힘든데 어떻게 이런 주문을 하느냐는 냉소적인 반응도 있을 것이다. 그러나 유년기를 잘 다스리지 못해 훗날 아이들의 장래를 망칠 수 있다면, 가슴이 섬뜩하지 않은가?

그렇다고 항상 완벽한 선택에 방점을 두는 것은 옳지 못하다. 최선이 아니면 차선, 차차선이라도 감수할 수 있는 여유도 가르쳐야 한다.

전문가도 아니면서 허황된 논리를 장황하게 늘어놓은 것 같아 부끄럽기도 하다. 그러나 아이들을 키우는 젊은 부모들에게는 꼭 당부하고 싶다. 그래서 우리 아이들이 잘 성장하여 현명한 선택을 할 수 있는 도움말로 이해해 주기 바란다.

　사족蛇足:

　'사르트르'는 생존 시 노벨문학상 수상자로 선정되었으나 그는 끝내 수상을 고사固辭하였다 한다. 그의 말인즉

　"우연히 쓴 소설이 유명세를 탔을 뿐 나는 이런 상을 받을 자질이 없다."

　그리고 한마디 더 덧붙였다.

　"살아 있는 동안에는 누구도 평가 받을 자격이 없다"

　이 말에서 우리는 사상가로 살아 온 그의 족적을 엿볼 수 있다.

　그의 겸손한 사양이 과연 최선의 선택이었는지, 아니면 잘못된 선택이었는지는 오직 자신만이 알고 있을 듯하다. 후세後世가 보기에는 오만한 사양으로 보이는데……. 한편 이러한 그의 선택이 우리가 그를 우러러보는 인물로 우뚝 선 계기일지도…….

　어떤 결론을 내려야 할지 선택이 어렵다. 역시 우리는 끊임없이 선택의 기로에 서 있는 셈이다.

베풀며
벼슬 값하고
사시길

  지인이 보낸 이메일을 보고 '노블리스 오블리주'의 진정한 뜻을 새기게 되었다. 모두 익히 알고 있듯이 '노블리스 오블리주'는 프랑스 말로 귀족의 의무쯤으로 번역할 수 있겠다.

  그런데 '노블리스'의 원뜻은 닭의 벼슬, '오블리쥬'는 달걀의 노른자를 일컫는 말이라 한다. 즉 '노블리스 오블리주'란 닭의 사명이 벼슬을 자랑함에 있지 않고 알을 낳는 데 있다는 뜻으로 설명된다.

  정말 가슴 깊이 와 닿는 말이다. 명예나 재물 또는 권력을 가진 자는 거기에 상응하는 의무를 충실히 다하라는 뜻으로 요약된다.

  한 포털 사이트에서 찾은 정보에 의하면, 영국과 프랑스 간의 백년전쟁(서기1337~1353) 당시 두 나라 국민들의 투철한 시민의식, 그리고 초기 로마 시대의 왕과 귀족들이 보여 준 철저한 도덕의식이 근간이 되어 오늘날 이러한 보석 같은 금언 '노블리스 오블리주가 회자膾炙되고 있다 한다.

그런데 오늘날 우리 사회에서 가진 자들의 모양새는 어떤가? 과연 그들은 자신의 재력이나 지위에 상응하는 의무를 다하고 있을까?

물론 기부 행위나 선행에 앞장서는 부유층 인사들도 더러 있기는 하다. 그러나 여전히 끝없는 불법 행위와 탐욕을 일삼는 그들의 비행이 매스컴에 회자되고 있는 것이 현실이다.

"탐욕은 어리석은 자들이 하는 것, 모든 고통과 근심은 탐욕에서 비롯된다."

『화엄경』에 나오는 구절로 우리 모두 명심해야 할 경문經文이다.

비자금 조성, 탈세, 불법적인 부동산 투기 등 가진 자들의 거침없는 일탈 행위는 우리를 아연실색케 한다. 정치인이나 고위 권력층도 예외는 아니다. 고위 공직자에 대한 인사청문회를 지켜보면, 과연 그들에게 국가를 경영할 자질이 있는지 극히 의심스럽다.

그들 중 십중팔구가 부패와 투기에 연루되어 있음을 보고, 도대체 이 나라에는 청빈한 인재가 이렇게 없는지 아니면 정점에 있는 권력자의 주변에만 부패 연루자가 서 있는 건지 의문스럽기만 하다. 공직자 후보에게 질문을 쏟는 여야 의원들도 피장파장, 그 나물에 그 밥이다. 누가 누구에게 돌을 던질 수 있단 말인가.

한편 우리 사회에는 오히려 도움을 받아야 할 사람들이 자신의 전 재산을 기부하는 사례를 종종 볼 수 있다. 불편한 몸을 이끌고 폐지를 주워 마련한 피눈물 같은 돈을 내놓는 노인들도 있고 정부에서 보조해 준 기초생활비를 꼬박꼬박 모아 목돈을 쾌척하는 기부 천사도 있다.

이들이 기부한 성금은 금액의 많고 적음을 떠나 아직도 이 사회가 따뜻하고 살 만한 가치가 있음을 보여 주는 징표이기도 하다.

어떤 남자 가수는 자신은 전셋집을 전전하면서도 누적 기부액이 수십억에 달한다는 뉴스를 듣고 정말 아름다운 영혼의 소유자며 존경받아야 할 인물이라고 생각했다.

여기서 잠깐 외국의 사례를 짚어 보자. 얼마 전 미국에서 날아온 뉴스에 의하면, 뉴욕거주 상위 1%의 부자들이 부유세를 더 납부하겠노라며 세율 인상을 건의했다고 한다. 우리에게는 정말 부러운 장면이 아닐 수 없다.

또한 우리가 익히 알고 있는 '마이크로 소프트'의 창업자인 '빌게이츠'는 기부 단체를 통해 매년 우리 돈으로 2조 원 상당의 거금을 기부하고 있다고 전해진다. 그리고 투자의 귀재라고 불리는 '워런 버핏'은 자신의 전 재산(2015년 기준 약 4,000억 달러, 한화 약 480조 상당)의 99%를 사회에 환원하겠다고 약속하고 매년 일정한 금액을 기부하고 있다고 한다.

우리말에는 닭의 벼슬 말고 또 다른 벼슬이 있다. 이 벼슬은 감투이며 권력의 상징이기도 하다. 이런 벼슬아치들은 국민 위에 군림할 것이 아니라 조국과 민족을 위해 무엇을 할 것인가에 대한 끊임없는 고민과 도출된 결론을 실천에 옮기는 길이 벼슬 값을 치르는 것이다. 이것이 곧 '노블리스 오블리주'를 완성하는 길이다.

이 시대의 가진 자들이나 권력자들이여! 그대들이 지닌 권력이나 부에 부응하는 행동을 못하겠다면, 제발 불법과 일탈을 일삼

노을 위에 쓰는 낙서

는 기만행위만이라도 하지 말라. 그리고 앞서 예시한 가진 것도 없는 자들의 아름다운 선행에 고개 숙이고 부끄러워하라.

인생 고뇌의 절반은 돈에서 비롯된다고 한다. 재물에 집착하면 인간은 악으로 변하고, 재물로부터 벗어나면 선으로 변한다. 남자가 돈이 많아지면 나쁘게 변하고 여자가 나빠지면 돈이 생긴다는 중국 속담도 있다. 돈의 이중성이다.

우리는 여기서 다음과 같은 명언에 주목할 필요가 있다. 특히 가진 자들이 깊이 새겨야 할 말이다.

"재물은 인분과 같은 것으로 쌓아 두면 썩은 냄새가 나지만 곳곳에 뿌려 주면 향기와 퇴비가 되어 거친 땅을 비옥肥沃하게 한다."

지금 이 나라는 선진국 진입의 문턱에서 수년간 맴돌고 있다. 근본적인 이유는 경제 상황이 원만치 못한 부분도 있다. 그러나 앞서 예를 든 도덕 불감증에 젖어 있는 일부 가진 자, 권력자, 공직자 등의 일탈 행위에도 그 원인이 있다고 본다.

이들의 진정한 자각과 대오각성大悟覺醒이 절실한 시점이다. 비록 만각晩覺인들 어떠랴. 가진 자들은 곳곳에 뿌리고 벼슬아치들은 제발 벼슬 값 좀 하고 사시길…….

아름다운
소리
모음

　지구상에는 수많은 생명체들이 각자의 삶을 영위하고 있다. 그 중 만물의 영장이라 불리는 우리 인간만이 누릴 수 있는 가장 자랑스러운 능력을 꼽으라면 그대들은 무엇을 말하겠는가?

　아마도 헤아릴 수 없을 만큼 다양한 자랑거리가 나오겠지만 나는 조금 색다른 능력을 뽑고 싶은데, 그것은 '아름다운 소리를 들으며 감동하고 공감하는 능력'이라 말하고 싶다.

　아름다운 소리에는 인위적인 것도 있고 자연적인 것도 있다. 인위적인 것은 그 주체가 인간이고, 자연적인 것은 주체가 자연일 수도 있고 인간이 아닌 다른 생명체의 자연적인 현상일 수도 있다.

　지금부터 필자가 선정한 아름다운 소리의 세계로 들어가 나름 편안한 순간에 젖어 보시길 바란다.

　이른 새벽, 적막에 젖은 고요한 산사山寺. 산들바람 따라 울리는 그윽한 풍경 소리. 글로써 표현할 수 없는 이 소리를 그대들은 어떻게 느끼는가? 지나가는 길손의 울적한 마음을 달래 주고 있던가!

거문고 산조散調, 고즈넉한 분위기 속에 울려 퍼지는 풍요로운 음율, 여기에 간헐적으로 두드리는 장구 소리의 조화. 그대들은 이토록 심금을 울리는 옛 가락에 넋을 잃은 일이 있었는가!

〈넬라 판타지아〉로 우리의 숨을 멎게 만든 '사라 브라이트먼'의 고혹적인 열창에 빠진 적이 있던가? 그녀는 하늘에서 내려온 요정이요, 우리의 영혼을 앗아간 세기의 팝페라 가객이다.

나라의 부름을 받고 비지땀을 흘리며 선수촌에서 고된 훈련에 매진하는 선수촌의 대표 선수들. 그들의 거친 숨소리와 땀방울 흘러내리는 소리 또한 아름답지 않던가?

징검다리 돌 사이로 졸졸졸 꾸르륵 꾸르륵 소리 내며 흐르는 시냇물의 노랫소리는 길손의 가는 길을 붙잡으며 쉬어 가라 조르네.

첫돌을 앞둔 천진난만한 아가. 입술을 꼬물거리며 엄마의 젖꼭지를 찾는다. 이를 지켜보던 아빠의 약지가 아가의 볼을 살짝 건드려 본다. "까르륵 까르륵!" 이만큼 아름다운 소리를 들은 적이 있는가. 그래! 아가야 한 번 더 "까르륵" 해 보렴.

세기의 테너이자 오페라 가수 '프라시도 도밍고'. 〈무정한 마음〉을 필두로 그가 부른 명곡은 끝이 없다. 잠든 영혼을 일깨우고 상처 난 가슴을 매만져 주는 그의 감성과 부드러운 목소리는 우리를 환상의 세계로 이끈다.

함박눈이 소리 없이 내리는 깊은 겨울밤, 등잔불 희미한 안방에서 여염집 아낙네의 모시치마 벗어 내리는 소리. 일찍이 어느 문

인은 이 세상에 있는 최상의 아름다운 소리라고 설파說破한 적이
있다. 그것은 대체 어떻게 들리는 소리일까? 스르륵 스르륵 사각
사각?

아지랑이 가물거리는 따뜻한 봄날 자운영 논둑에서 애타게 엄
마를 찾는 목메기의 울음소리가 가슴을 뭉클하게 한다. "엄마아,
엄마아⋯⋯." 녀석의 울음이 오히려 평화롭고 아름답게 들리는
연유는 무엇인가?

한국이 낳은 세계적 스타 소프라노 조수미, 그녀가 열창한 많은
노래는 우리의 심금을 울린다. 특히 우리의 가곡 〈그리운 금강산〉
을 부르면 하늘에서 내린 신의 목소리가 여기 있구나 싶다.

봄기운이 가득한 보리밭 사이로 앉았다 날았다를 반복하며 춘
심을 즐기는 노고지리의 우지짖는 소리에 우리의 가슴은 또 한 번
설렌다.

노란 주둥이를 치켜들고 짹짹짹, 어미가 물고 온 먹잇감을 서로
차지하겠다고 아우성치는 참새 새끼들의 지저귐에 우리는 아름다
운 모성을 배운다. 아가들아 알고 있니? 너희들이 아무리 소리쳐
도 먹이를 주는 순번을, 어미는 너무나 잘 알고 있단다.

깊어 가는 가을밤, 귀뚜라미도 잠이 들고 밤하늘의 별들은 은빛
강물이 되어 소리 없이 흐르는데 어디선가 들려오는 트럼펫 연주
소리 〈밤하늘의 트럼펫〉. 아! 심장을 멎게 하는 환상의 멜로디에
잠 못 드는 이 밤을 어찌할꼬!

밤새 내리던 비는 그치고 새벽하늘은 초승달을 선보이는데, 초
가지붕을 타고 내리는 지지랑물이 가뭇한 절구통 어깨를 간질이
며 아침의 고요를 깨운다. 또록, 또록, 또르륵⋯⋯.

노을 위에 쓰는 낙서

깊은 산속 나뭇잎에 덮여 여과濾過를 끝낸 맑디맑은 물줄기, 계곡을 타고 쪼르르 쪼르르 흘러내리는 그 소리는 차라리 자연을 노래하는 신비스런 화음이다. 그 소리에 맞장구를 치듯 이름 모를 산새들의 지저귐은 식어 버린 우리의 가슴을 살짝 데워 준다.

10월의
해변에서

그토록 붐비던 인파는 훌쩍 떠나가고 쓸쓸한 파도 소리만 10월의 해변을 달래고 있다. 인적이 뜸한 백사장을 걸으면서 마치 해변의 길손이 된 듯 경음악 〈해변의 길손〉을 흥얼거려 본다.

아! 그렇지, 이 계절에 딱 어울리는 노래가 또 있지. 영화 〈피서지에서 생긴 일〉의 주제곡인 〈A summer place〉도 추억에 잠기게 하는 멋진 멜로디이다. 여름날의 뜨거운 기억들을 일깨우는 가슴 설레는 음률이다.

깜빡했다. 진짜 더 잘 어울리는 우리 가요가 있다는 걸……. '키보이스'가 부른 불후의 명곡 〈바닷가의 추억〉을……. 파도 소리와 드럼 소리 그리고 기타 반주와 트럼펫 간주가 환상적인 정말 멋진 노래가 아니던가!

노을 위에 쓰는 낙서

바닷가에 모래알처럼

수많은 사람 중에 만난 그 사람

파도 위에 물거품처럼

왔다가 사라져 간 못 잊을 그대여

저 하늘 끝까지

저 바다 끝까지

단둘이 살자던

파아란 꿈은 사라지고

(후략)

노랫말이 시구처럼 가슴에 와 닿는다.

뜨거운 여름날의 기억들을 곱씹으며 시계추를 8월의 해변으로 되돌려 본다.

모래톱 오선지에 쪼그리고 앉은 젊은 연인들, 그 위에 써 내려 간 사랑의 시는 파도에 묻혀 멀리 사라지고 흔적조차 없다.

모래밭에 하반신을 숨긴 채 일광욕을 즐기던 인어 같은 여인들은 도시로 사라지고 지금쯤 가뭇하게 그을린 피부를 매만지며 다가오는 여름날을 기다리고 있을는지.

검은 선글라스를 끼고 해변을 어슬렁거리던 사냥꾼 하이에나들. 그들은 먹잇감을 품에 안고 어디로 떠나갔나?

촉촉이 젖은 백사장에 앉아 모래성을 쌓으며 깔깔대던 소녀들은 언제쯤 다시 볼 수 있으려나? 피서지의 정겨운 모습이었건만 가을바람을 불러 놓고 하나둘씩 추억 속으로 흩어졌다.

어느덧 저녁 해는 뉘엿뉘엿 수평선 너머로 모습을 감추고 홀연히 나타난 까치 노을이 가을 바다의 낭만을 연출하고 있다. 어쩌면 저토록 고운 색을 빚어내는가? 마치 분무기에서 뿜어낸 듯 수평선 위로 번진 노을과 석양과의 황홀한 조우遭遇…….

그것은 분명 마법사가 그려낸 한 폭의 수채화였다. 문득 갈매기 등에 업혀 아스라이 수평선 그곳으로 날아가고 싶은 충동에 빠진다.

보이는 것은 노을뿐만이 아니었다. 수평선을 앞으로 희미하게 박혀 있는 점들이 동그란 원을 그리며 알 듯 모를 듯 움직이고 있다. 아! 그래서 지구가 둥글다고 말한 거였어! 어딘가로 순항하는 화물선의 행렬이 검은 점이 되어 원 모양을 그리고 있다.

이제 어둑어둑 날은 저물고 해변의 백사장에도 땅거미가 내린다. 파도가 부딪히는 널찍한 바위에 걸터앉아 잿빛으로 물든 하늘을 쳐다본다. 조금 전까지도 형체가 없던 조각달이 희미한 윤곽을 드러낸다. 워낙 하늘빛이 흐려 달의 모습이 초라해 보인다.

언제부터인가 줄어들기 시작한 밤하늘의 별들. 우리 인간들이 도시의 하늘을 황무지로 만들어 버렸다. 대체 얼마나 많은 검은 연기가 하늘을 더럽힌 것일까? 그러나 띄엄띄엄 얼굴을 내민 희미한 별들이 밤하늘을 지키고 있다는 것이 다행이라면 다행이다.

어디선가 갈매기의 울부짖음이 귓전을 울린다. 짝을 향한 구애의 하소연인가, 아니면 떠나 버린 엄마를 쫓는 그리움의 비명인가? 덩달아 울적해진 마음을 가라앉히고 깊게 호흡을 한번 해 본다. 소금기 섞인 찬 공기가 폐부 깊이 파고든다.

바위 밑으로 손을 넣어 한 움큼 조약돌을 집어 들었다. 파도와 싸우느라 단련된 동그란 돌들이 매끈매끈하다. 하나씩 꺼내어 물수제비를 해 본다. 포물선을 그리며 날아가던 조약돌이 두세 번 튀기더니 흔적 없이 사라진다.

그러나 마음이 석연찮다. 예전에는 분명 거기에 반응이 있었다. 물수제비를 만난 바다 표면에 반짝이는 움직임이 있었다. 그러나 지금은 아예 감감 무소식이다.

숲 속에 반딧불이 있다면, 바다에는 야광충이 살고 있었다. 사는 곳은 다르지만 반짝반짝 빛을 내는 건 닮은꼴이었다. 그러나 언제부터인가 도시 인근의 숲과 바다에는 그들이 사라져 버렸다. 인간들이 저지른 해악害惡 때문이다.

수질이 너무 나빠 야광충들은 먼 바다로 떠나고 육지의 오염된 공기는 숲 속의 반딧불이를 쫓아내고 말았다. 인간이 밤바다와 숲속의 낭만마저 무너트리고 만 것이다.

바위 표면에는 이름 모를 해충 딱지만 다닥다닥 붙어 있다. 갯바위에 다닥다닥 붙어살던 고소하면서도 짭짤한 석화石花도, 함께 기생하던 홍합도 갯바위에서 퇴출되어 버렸다. 인간이 저지른 잦은 사고가 기름과 유해 물질을 증가시켜 생물의 터전을 앗아간 것이다.

그나마 위안이 되는 것은 남쪽 바다나 동해 바다의 긍정적인 기대감이다. 아무래도 밤바다의 원래 모습을 보려면 동해 쪽으로 발길을 돌려야겠다. 그것도 순박한 어부들만 모여 사는 갯마을이 좋을 테지. 그럼 내일이라도 당장 발길을 옮겨 볼까?

눈을 감는다. 감지 않아도 이제 보이는 것은 없다. 멀리서 반짝이는 등대와 고기잡이배들의 조업 등을 빼고는…….

그럼에도 불구하고 눈을 감는 이유는 바다에 대한 죄책감 때문이다. 정말 진심 어린 미안함을 전하고 싶다. 염치도 면목도 없지만 이런 식으로라도 용서를 구해야 되지 않나 싶다. 바다를 좋아한 사람이라는 이유 하나만으로도…….

가을의 밤바다는 깊어 가고 파도 소리는 점점 거칠어진다. 인간을 향한 강한 질책임에 틀림없다. 머리 위에서 난무하던 물보라가 안개비로 변해 얼굴에 스며든다. 체온이 조금씩 식어 감을 느끼며 부르르 몸까지 떨린다.

그래! 기꺼이 감수하리라! 이것이 너의 분노를 조금이라도 삭이게 해 줄 수만 있다면…….

10월의 해변은 가뭇한 하늘을 짊어지고 무거운 어깨를 내려놓는다. 하얀 포말泡沫을 이고 달려오는 성난 포효는 아직도 멈추지 않는다.

노을 위에 쓰는 낙서

사랑
그리고
미움

'사랑'이란 무엇인가?

사랑의 사전적 의미는 어떤 상대를 애틋하게 그리워하고 열렬히 좋아하는 마음이다. 그러나 최근에는 개인적인 상대를 떠나 집단적인 상대에게도 사랑이라는 단어를 남용하고 있어, 사랑이라는 본래의 의미를 퇴색시키는 느낌이 든다.

예를 들면 고객 관리 차원의 립 서비스이긴 하지만 백화점이나 통신사 같은 서비스 업체들이 사랑한다는 말을 너무 헤프게 쓰는 것 같아 씁쓸한 느낌이 드는 것도 사실이다. 또한 선거철만 되면 정치인들도 유권자에게 사랑한다고 외쳐 대는 가식을 보면서 사랑을 모욕하는 생각마저 든다.

사실 사랑이란 얼마나 고결하며 숭고한 것인가는 우리 모두가 말하지 않아도 잘 알고 있다. 자신들의 특정 목적을 위해 이렇게 아름다운 사랑을 함부로 들먹이는 현실을 어떻게 받아들여야 할

지 모르겠다.

한편 미움이란 모두 알고 있듯이 뭔가 마음에 들지 않아 거리끼고 싫어하는 마음이다. 워낙 부정적인 의미로 사용되긴 하지만, 따지고 보면 미움이란 것도 사랑에서 비롯된 희생의 산물産物일 수도 있다.

'사랑'이란 단어는 원래 '사량思量'에서 나온 것이라는데, 상대를 많이 생각하는 정도라는 뜻으로 사량이 변하여 사랑으로 순화된 것이라 한다.

또 다른 설에 의하면 '사랑思郎'의 한자에서 생긴 낱말로, 장기간 동안 출타한 낭군(郎君: 남편)을 생각하고 그리워한다는 뜻에서 생긴 것이라고도 한다.

인간은 평소 사랑이란 말을 수없이 사용하고 있으며 사랑을 하는 대상도 아주 다양하다. 즉, 연인이나 부부간의 사랑, 부모와 자식 간의 사랑, 사제지간의 사랑, 형제지간의 사랑(흔히 우애라고도 함) 등이다. 그러나 뭐니 뭐니 해도 청춘남녀 간의 사랑이 으뜸 사랑이다.

하지만 사랑은 잘 다루어야 하며 그렇지 못하면 큰 사단이 난다. 사랑에 지나치게 목을 매면 집착執着이 되고, 집착이 깊어지면 맹렬한 미움으로 변하며 증오가 된다. 사랑이 빗나가면 죄악의 구렁텅이로 빠질 수 있다는 것이다.

사랑은 주는 것으로 만족해야지, 애써 받으려고 들면 그 순수성이 퇴색된다. 사랑을 주는 자는 영혼이 맑아지고 눈망울은 빛이 난다. 보여 주기식 사랑은 진정한 사랑이 아니다. 상대가 눈

노을 위에 쓰는 낙서

치 채지 못하게 하는 사랑이야말로 가슴에서 묻어나는 순백한 사랑이다.

사랑은 소유하는 것이 아니다. 사랑은 지켜 줌으로써 그 값어치가 배가倍加된다.

또 아름다운 용서는 사랑에서 비롯되고, 마지못한 용서는 미움에서 나온다. 남을 미워하면 자신의 얼굴도 밉게 변하다. 얼굴만 일그러지는 것이 아니고 마음도 구겨져 스스로 초라한 영혼이 되고 만다.

미움은 잘못된 사랑에서 시작된다. 이러한 미움도 곱게 승화하면 사랑으로 바뀔 수 있다. 따라서 사랑과 미움은 공존한다. 사랑이 있었기에 미움도 생기는 것이다. 따라서 사랑은 사랑으로 가꾸게 하고 미움은 가슴에 잘 녹여 사랑으로 바꾸어야 한다. 즉, 사랑하는 마음과 미워하는 마음을 잘 조절해야 한다. 이것은 오직 인간만이 다룰 수 있는 자랑스럽고 위대한 능력이다.

미국의 유명 가수 '베트 미들러'는 〈더 로즈The rose〉라는 노래에서 사랑을 다음과 같이 말하고 있다.

어떤 이는 말해요.
사랑은 연약한 갈대를 삼켜 버리는 강물이라고…….

어떤 이는 말해요.
사랑은 당신의 영혼에 상처를 내고
피 흘리게 내버려 두는 면도날이라고…….

어떤 이는 말하죠.

사랑은 굶주림이요, 끝없는 고통을 주는 열망이라고…….

그러나 나는 이렇게 말하리라.

사랑은 한 송이 꽃이고 오직 그대만의 씨앗이라고…….

'사랑'이란 단어는 이 세상 곳곳에서 끊임없이 회자膾炙되고 있는
것임에 틀림없다. '미움'이란 단어도 마찬가지리라.

노을 위에 쓰는 낙서

어느
소녀에게

소녀야!

내가 너를 처음 본 기억이 아직도 생생하단다. 비가 주룩주룩 내리던 지난 가을 깊은 밤이었지. 비바람에 떨어지는 나뭇잎들이 내 어깨에 부딪히고 땅바닥에는 비에 젖은 낙엽이 부르르 떨고 있었지.

그날 밤 아파트 현관을 들어서서 3층으로 걸어서 올라가던 중 2층 계단에 앉아 있던 네가 흠칫 놀라는 바람에 나도 당황하여 다시 되돌아 내려오고 말았단다.

그때 너는 혼자가 아니었지. 네 또래의 사내아이 품에 안겨 네 나이에 어울리지 않는 이상한 행동을 하고 있더구나.

그런데 소녀야!

사랑도 해야 할 시기가 있는 법이란다. 누구나 성인이 되면 마음대로 사랑을 나눌 수 있고 그땐 어느 누구도 그 사랑을 비난하지 않아. 그런데 겨우 중학생인 네가 그런 애정 표현에 빠지는 것은 옳지 않은 일이야. 몇 년 만 기다리면 성인이 되고 얼마든지 사랑을 나누며 청춘을 불태울 수가 있단다.

우리 인간이 다른 동물들과 다른 점은 이성이 있다는 거지. 이성이 있기에 자제하고 인내할 수 있는 것이란다. 이런 인내는 우리 인간만이 가질 수 있는 미덕이라고도 할 수 있겠지.

반면 사람이 아닌 동물들은 이성이 없기 때문에 참고 억제할 수 있는 능력이 없지. 인간이 이성 없는 행동을 하는 것은 짐승과 똑같다는 이야기야. 그것은 우리 인간이 만물의 영장으로서 수치스러운 일이 아니겠니?

간혹 사람들이 개, 돼지만도 못한 인간이란 표현을 쓰는 건 인간이 이성이 없는 행동을 했을 때 쓰는 말이란다.

소녀야!

사춘기에 들어서면 정신적·신체적으로 여러 가지 변화가 일어나기에 어른들의 말씀이 거슬리기만 한다는 것도 우리가 잘 알고 있단다. 어른들도 너의 나이 때 다 겪은 일이거든. 그래서 서로의 고민과 어려움을 함께 나눌 이성 친구도 필요하지.

그렇다고 아직 어린 나이에 어른들처럼 행동하는 것은 잘못된 일이란다. 적어도 성인이 될 때까지는 건전한 교제와 절제된 생활을 하는 것이 자신에게도 가치 있는 일이란다. 청순하고 단아한 모습은 10대 소녀들만이 가질 수 있는 최고의 자랑거리가 아닐까 싶다.

노을 위에 쓰는 낙서

그리고 소녀야!

화장하는 것도 마찬가지란다. 어느 날 아침 등교 시간에 아파트 현관 거울 앞에 서 있는 너를 보았단다. 그때 입술에 빨간 립스틱을 바르고 있는 모습을 보고 깜짝 놀랐지. 너의 가족들도 이 사실을 알고 있니? 물론 집으로 돌아올 때는 입술의 화장을 지울 테지.

그러나 소녀야!

몇 년 후 너도 성인이 되면 머리에 염색, 몸단장, 얼굴 단장 등 얼마든지 할 수 있는데 그때까지 참지 못하고 너무 조급한 것 같구나.

사실 남자들은 순간적으로는 화장을 짙게 한 여자들의 겉모습에 관심을 보이지만, 진실된 사랑을 하는 사이라면 화려한 겉모습을 좋아하지 않는단다. 진한 화장은 위장에 불과하거든. 비유가 지나칠지 모르지만 허영에 들뜬 여자들은 남자들에게 이용만 당할 뿐이란다. 비록 겉모습은 수수하지만 단아하면서도 그윽한 향기를 내 뿜는 들국화가 더 멋지게 보인단다.

사람은 남녀를 불문하고 내면의 마음이 고와야지, 겉만 번드레해서는 진실감이 없는 거란다. 연예인들은 화면에서 돋보이기 위해 또는 직업상 필요에 따라 짙은 화장을 하곤 하지만 그들의 세계를 닮거나 흉내 낼 필요는 없단다.

굳이 립스틱을 바르지 않아도 자연색인 원래의 입술이 훨씬 곱고 아름다운 색이란다. 오히려 남자들은 그런 순수한 모습에서 신선한 매력을 느낀단다.

또한 어린 나이에 화장품을 잘못 사용하면 좋지 않은 결과를 낳을 수도 있다는구나. 얼굴에 심각한 부작용 즉, 가려움이나 염증을 유발할 수도 있어. 특히 싸구려 화학성분이 든 제품은 위험성이 더 높단다.

어떤 조사에 의하면 우리나라 여성 중 얼굴 피부가 가장 좋은 직업군은 수녀들이라고 해. 그 이유는 그들은 간단한 기초화장만 할 뿐 얼굴에 특별한 손질을 하지 않기 때문이란다. 참고했으면 좋겠어.

소녀야!

넌 간혹 담배도 피우는 것 같더구나. 영화나 드라마 같은 데서 담배를 피우는 모습이 멋져 보이기는 하지. 그러나 그것은 그것으로 끝이지, 더 이상 가치는 없는 것이란다. 담배는 그야말로 백해무익한 기호품일 뿐이야.

건강에도 해롭고 기억력도 흐리게 만들어 공부하는 데도 방해가 될 것이야. 또한 청순해야 할 소녀의 입에서 니코틴 같은 이상한 냄새가 난다고 상상해 보렴. 이건 끔찍한 일이기도 해! 어른들의 흉내를 내다가 몸이 망가지면 정신세계도 황폐해지는 법이란다.

소녀야!

인생에는 나이에 따라 해야 할 일이 있단다. 공부하는 것도 적절한 시기가 있지. 지금 바로 네 나이가 책을 가까이하고 학업에 전념할 때란다. 특히 사람은 15세 전후에 기억력이 최고조에 이르므로 이때 공부에 몰두하면 훗날 대학을 가는 데도 많은 도움이

노을 위에 쓰는 낙서

될 거야.

물론 대학이 인생의 전부는 아니지만 아직도 우리 사회가 학력을 우선시하고 있다 보니, 갈 수만 있다면 좋은 대학을 목표로 삼는 것도 좋지 않을까 싶다.

혹시 공부에 취미가 없으면 예능이나 스포츠 분야에 전념하는 것도 나쁘지 않아. 예를 들어 음악이나 그림 혹은 취미가 있는 운동 분야 가운데 자신 있는 것에 올인 하는 거지.

그러나 공부든 예체능이든 어느 것 하나 만만한 것은 없다는 것은 잘 알고 있을 테지. 사회에서 필요한 수준에 도달할 때까지는 피나는 노력이 뒤따르는 법, 이 세상 어느 곳에서도 거저 얻을 수 있는 것은 없다는 걸 명심해야 될 것이야.

그런데 소녀야!

내가 뒤늦게 안 일이지만, 너는 부모님과 함께 살고 있지 않더구나. 그렇게 된 내막을 알 수는 없지만 아무래도 너에 대한 보살핌이 아쉬울 테지. 그렇다고 야생마처럼 마음대로 살아서는 안 될 일이야.

너의 할머니 할아버지가 연세 때문에 너를 돌보는 일에 소홀할 수도 있겠지만, 어떤 반항 심리로 빗나가는 길을 걸어가서는 안 된다는 것을 잘 알고 있겠지.

마지막으로 한마디만 더 할게. 어느 날 네가 교복치마의 허리춤을 몇 번 접어 올리는 것을 보았단다. 순간 단정해야 할 치마가 너무 짧은 길이로 변하더구나.

소녀야!

그런 일은 아무 가치가 없는 허황된 짓일 뿐이란다. 소녀 가수들이 짧은 치마나 짧은 바지를 입고 공연하는 모습에 친구들도 덩달아 흉내를 내고 너도 호기심에 따라해 본 것으로 생각되지만, 연예인들은 그들의 직업상 시선을 끌기 위한 수단으로 의상의 변화를 시도하는 것이지.

아직도 어린 학생이 그런 옷을 입는 것은 학생스럽지 못한 행동이야. 너도 좀 더 자라 성인이 되면 알게 되겠지만, 화려한 얼굴이나 의상으로 남자들의 시선을 끄는 것은 순간적일 뿐이고 영원한 시선을 끌 수 있는 것은 내면의 아름다움, 뜨거운 가슴과 진실한 마음가짐이란다.

지금 우리 사회는 이미 남녀평등 시대이고 오히려 여성들의 사회적 지위가 급신장되고 있지. 이미 세계 곳곳에서 여성 지도자들이 탄생했으니 말이다. 바야흐로 이젠 여성이 주도권을 잡는 시대가 왔단다. 남자들을 리드하기 위해서는 그들을 압도하는 힘이 필요해. 그 힘은 신체적인 완력이 아니고 정신적 내공의 힘이란다.

얼마 전까지도 이런 구호들이 청춘들에게 성행 했었지.

"소년들이여, 야망을 가져라!"

물론 여기서 소년들이 꼭 남자에게 국한되는 건 아니었지만 이젠 나는 이렇게 외치고 싶단다.

"소녀들이여! 더 큰 야망을 갖자!"

여자라고 주눅 드는 시대는 이미 지나갔단다. 자신의 마음속에 숨어 있는 야망을 끄집어내어 그곳을 향해 뚜벅뚜벅 걸어가 보려

노을 위에 쓰는 낙서

무나.

소녀야!

사실 얼굴 몇 번 스친 너에게 질책과 잔소리가 너무 많았지? 하지만 입에 쓴 약이 질병을 고쳐 주듯, 듣기 싫은 소리지만 너의 인생에 좋은 길잡이가 되길 바라며 두서없이 적어 봤다.

예고 없이 너의 민낯을 노출시켜 너무 미안하구나. 앞으로 10여 년 뒤 이 세상에서 가장 아름답고 멋진 여인의 모습으로 자라나 있기를 진심으로 빌어 줄게. 아마도 그땐 너의 몸에서 그윽한 향기가 물씬물씬 묻어나올 테지.

그럼 그때까지 안녕!
이름 모를 소녀야.

자신을
바로
알자

소크라테스의 가장 간결한 명언 "너 자신을 알라."는 우리에게 항상 자신을 살펴볼 수 있는 기회를 제공한다. 이 시대의 언어로 더욱 간명하게 표현한다면 '주제 파악'이 아닐까?

지금부터 우리나라 국민들이 아직도 자신을 잘 파악하고 있지 못하는 한심한 사례를 말해 보고자 한다. 즉, 우리나라 국민과 일본인들과의 비교를 통해 나타난 우리의 수치스런 부분을 들여다보고자 한다.

하필이면 왜 일본이냐고 묻는다면 우리와 가장 가까운 이웃이면서도 그들의 진면목을 잘 읽지 못하고 있는 안타까움 때문이다. 아직도 우리 국민은 일본이라는 나라를 경시하는 경향이 높은데, 이것은 큰 착각이자 오류誤謬다. 도대체 무엇을 믿고 이런 자만에 빠져 있는지 이해가 되지 않는다.

우선 두 나라의 경제력부터 따져 보자. 일본의 외환보유고는

2015년 기준으로 약 1조 2,000억 달러로서 약 3,000억 달러 선인 우리나라의 4배에 이른다. 또한 증권시장 시가총액, 국내 총생산액, 해외투자금액 모두 우리나라의 4배 수준이며 수출 규모도 6,250억 달러로 5,200억 달러 수준인 우리나라보다 앞서고 있다 (2015년 기준).

한편 세계 1등 제품은 2015년 기준으로 일본이 230개인 반면 우리나라는 60여 개에 불과하고, 이것마저도 우리는 점점 줄어드는 추세다. 또한 우리나라의 연구 개발비는 일본의 6분의 1에 지나지 않아 이것이 우리가 물리·화학부분에서 노벨수상자를 배출하지 못하고 있는 원인이기도 하다.

참고로 세계 1등 제품 매출국 1~2위는 중국과 독일로서 800~900여 개를 오가지만, 사실 고부가가치 제품은 독일이 앞선다. 탄탄한 기술력을 앞세운 산업국으로서의 전통에서 증명되고 있다.

물론 경제적인 우위가 국가의 우수성을 평가하는 절대적 요소는 아니다. 그렇다면 양국 간의 시민의식과 도덕성 차이는 어느 정도일까?

우리 국민은 잘 먹고 잘 입으려고 한다. 물론 찢어지게 가난했던 옛 시절을 생각하면 이해가 가는 것도 사실이지만……. 어느 나라도 처음부터 잘 살 수는 없었을 터. 특히 우리 국민은 눈을 부릅뜨고 비싸고 유명한 브랜드를 선호한다.

반면 일본인들은 공깃밥 하나에 2~3가지의 소박한 밥상으로 끼니를 넘기고 평범한 옷을 입는 것을 상식으로 여긴다. 한국인은 가까운 동산에 올라가도 유명 브랜드로 모자, 신발, 등산복을 걸치고 마치 에베레스트 산에 오르는 것처럼 과도한 치장을 한다는 외국인들의 지적에 부끄러움을 느껴야 할 것이다.

우리 국민은 큰 집을 선호하고, 일본인들은 고위관리급 인사들도 20평 전후의 크기에 만족한다. 우리나라 부유층은 세금을 덜 내려고 기를 쓰지만, 그들은 성실하게 세금신고를 한다. 우리 국민은 대형차, 외제차를 타고 다녀야 행세하는 줄 알고, 그들은 평소에는 자전거를 타고 다닌 것을 상식으로 안다.

우리 국민은 해외여행 갈 때 빈 가방을 들고 가서 가득 채워 돌아오지만, 그들은 자국 제품을 가득 채워 나가 돌아올 땐 빈 가방으로 들어온다.

한국의 노조원들은 수천억의 적자가 나도 성과급 더 달라고 붉은 띠를 두르고 북을 치지만, 일본의 노조원들은 흑자가 나도 미래를 위해 임금 동결을 자청한다.

이상 예를 든 숨길 수 없는 현실은 우리의 부끄러운 자화상이다. 빼어나게 잘 살지도 못하면서 허세를 부리고 있는 한국인들을 바라보면서 일본인들은 과연 어떤 생각을 하고 있을까?

아마도 가소롭게 여기며 경멸하고 있을지도 모른다. 더욱 걱정이 되는 부분은 일본 내 거주하는 우리 교민들이 감내해야 할 모욕감이 아닐까?

또 다른 면에서 비교해 보자. 그것은 양국 민간에 현저한 차이를 보이는 준법정신이다.

우리나라 버스나 전철을 타면 대부분의 학생들이 통화를 하거

노을 위에 쓰는 낙서

나 휴대전화를 만지작거리고 있다. 그러나 일본 학생들은 차내에서 전화기 작동을 하지 않는다. 또한 일본에서는 자동차 운전자와 보행자의 교통법규는 엄격하게 지켜진다.

우리나라는 어떨까? 나는 여기서 더 이상 설명할 필요성을 느끼지 못해 언급 않기로 한다. 우리가 거리에서 매일매일 경험하고 있는 일이 아닌가.

한편, 2011년 일본 후쿠시마 원전사고는 온 세계를 경악케 한 엄청난 재해를 초래하였다. 인명과 재산의 손실액은 수치로 나타낼 수 없을 만큼 지대하였다. 그런데 여기서 우리가 주목할 부분은 당시 일본인들이 보여 준 질서 정연한 시민의식과 정부에 대한 신뢰감이다. 그들의 진중하고 모범적인 질서의식은 세계인의 탄성을 자아내게 하였다.

당시 사고 현장 인근에서는 음식물이 부족하여 큰 고통을 당하면서도 식당 앞이나 마켓에서 줄을 서서 차례를 기다리는 시민들의 자세는 차라리 숙연하기까지 했다.

그들은 일단 정부를 믿고 차분히 기다릴 줄 아는 인내와 침착함을 잃지 않았다. 물론 피해자들의 원성과 항의는 계속되었지만 대다수 국민들은 동요하지 않고 슬픔을 나누며 냉정을 잃지 않는 모습은 세계인에게 귀감이 되고도 남을 일이다.

만약 우리나라에서 이러한 불상사가 발발했다면 과연 어떤 일이 벌어지게 될까? 아마도 무정부 상태의 혼란 속에서 폭동과 시위로 국가 기능이 마비되고 최고 권력자의 존위마저 위태로워질지도 모를 일이다.

한편 일본이라는 나라에는 우리가 이해하기 어려운 특이한 문화가 있는 것도 사실이다.

그곳은 성문화가 개방되어 포르노 영화나 혐오스런 19금禁 퍼포먼스도 여과 없이 노정露呈되고 있지만, 이는 극히 소수에 국한된 문화로 보면 된다. 또 성인이 되면 부모 앞에서도 담배를 피우는 것이 용인되는 것은 우리에겐 다소 충격적인 문화이기도 하다.

지금까지 예시한 양국 간의 다양한 비교가 일본의 우월한 면만 부각시킨 것 아닌가 하는 불만도 있을 수 있다. 그러나 분명한 것은 비교된 지표나 시민의식에서 나타난 극명한 차이를 직시할 필요가 있다는 것이다.

우리 국민이 그들보다 앞선 것이 부족함에도 무얼 믿고 그들을 깔보는 걸까? 굳이 내세울게 있다면, 우리가 어릴 적부터 줄기차게 익혀 온 추상적인 말들 즉, 우리 민족의 은근과 끈기, 동방예의지국이란 자긍심…….

이런 자랑거리는 분명히 가치가 있다. 또한 우리 민족의 정신적 자산으로서의 긍지 또한 인정된다. 그러나 이러한 자부심 정도가 요동치는 글로벌 시대에서 얼마나 많은 역할을 할 수 있을까?

그렇다고 해서 우리나라를 비하하고 그들 앞에 무릎을 꿇자는 이야기는 더더욱 아니다. 과거에 집착 않고 혁신적인 의식과 목표를 키워 가자는 뜻이다.

일본인이 우리에게 남겨 놓은 치욕적인 과거사와 아직도 명쾌하지 않은 어정쩡한 사과 행태, 그리고 독도 영유권에 대한 그들의 뻔뻔한 억지 주장을 보면 부아가 치민다. 그러나 언제까지 과거사에 매몰되어 미래를 포기할 것인가? 상대에 대한 적개심과

　　　　　　　　　　　노을 위에 쓰는 낙서

분노로는 격동의 시대를 헤쳐 나갈 수가 없다.

『손자병법』에 "지피지기 백전백승"이라 했듯이 자신과 상대를 정확히 파악해야 승리를 가져올 수 있다. 물론 우리가 일본을 적으로 삼고 꼭 이겨야 한다는 이야기는 아니다. 과거에서 벗어나 우리의 부족한 점은 보완하고 상대의 장점을 과감히 수용하여 미래로 나아가자는 취지로 점검을 해 본 것이다.

그들을 따라잡기 위해서는 정치 지도자는 물론 우리 국민 모두의 투철한 신념과 남다른 각오로 새롭게 출발해야 한다. 전투에서도 상대를 경시하면 반드시 패배한다는 이른바 경적필패輕敵必敗의 격언을 잊어서는 안 될 일이다.

정신적 · 물질적으로 앞선 자가 최후의 승리자가 될 수 있다. 우리의 처지를 잘 파악하여 상대를 제압할 수 있는 방법은 결국 우리 국민의 각오에 달려 있다.

제발 우리 자신을 잘 알고 매사에 임하자. 바라건대 이날부터 10여 년 후엔 오늘 지적한 우리의 부끄러운 현상들이 먼 과거사로 남겨지길 간절히 바랄 뿐이다.

아름다운
승부

스포츠 경기의 최종 목표는 승리에 있다. 물론 참가에도 그 뜻이 있고 스포츠 정신도 중요하다고 하지만, 승리를 배제한 경기는 무의미하다고 볼 수 있을 것이다.

한판의 승리를 따내기 위해 모든 선수와 감독은 치열한 접전을 벌이며 머리싸움을 한다. 또한 멋있는 경기를 이끌어 내기 위해 최선을 다하는 선수들의 열정은 아름답다.

스포츠 경기의 대부분이 육체적 활동을 전제로 하는 것이라면 두뇌 활동을 통한 경기, 즉 바둑과 같은 두뇌 스포츠도 있다. 2016년 3월, 세계의 이목을 집중시킨 국내 프로기사와 알파고의 바둑 대결은 인간과 인공지능A.I 간의 세기의 대국으로 과학자와 세계 국민들의 호기심을 발동시킨 사건이었다.

그러나 기도棋道를 가장 큰 덕목으로 삼는 바둑의 기본 취지에서 벗어난 흥행적인 요소가 많았던 것도 숨길 수 없는 사실이다. 하

노을 위에 쓰는 낙서

여 인간과 인간 사이의 두뇌 싸움, 열정과 치열함, 그리고 감정이 혼재된 바둑의 정체성은 없었다. 단지 인간과 기계가 벌인 단순한 게임으로 폄하하는 사람도 있었다.

물론 미래 산업에 대체할 인공지능의 가능성을 보여 준 나름 가치 있는 대결이었지만, 구글이라는 회사의 잇속만 챙겨 준 것도 사실이다. 5번의 대국이 끝난 후 구글의 주식가치가 천문학적인 액수로 치솟았다는데, 어쨌든 이 회사의 미래 가치도 긍정적 평가를 받는 셈이다.

그러나 장차 인공지능이 우리 인류 사회에 미칠 양면성에 대해서는 의견이 분분하여 선뜻 결론을 내릴 수 없는 것도 사실이다.

흔히 바둑은 수담手談, 즉 손으로 대화하는 수단으로 불린다. 그러나 나는 이 말에 선뜻 동의 할 수 없다. 왜냐하면 두뇌의 명령에 따라 손이 따르는 것일 뿐이니 수담이라 일컫는 것도 어색한 표현이다.

필자도 바둑을 둔 지가 어언 40여 년이 넘었지만 아직도 올라야 할 벽이 너무 높아 보인다. 그럼에도 바둑에는 빠져나올 수 없는 마력 같은 게 있는데, 그것은 바둑을 두는 과정이 우리 인생사와 많은 공통점을 갖고 있기 때문이다.

바둑에는 10계명이란 것이 있는데, 이것은 우리 인생살이에 응용해도 손색없을 만큼 그 맥락을 같이한다. 그중 우리 삶에 교훈이 될 세 가지만 뽑아 이야기해 보려 한다. 전문 바둑기사가 혹시 이 글을 본다면 쓴웃음을 지으며 질책할지도 모르겠으나 아무튼 필자가 뽑은 베스트 3은 다음과 같다.

첫째, 부득탐승不得貪勝이다. 즉, 승리에만 집착하면 이길 수 없다는 뜻이다. 우리가 살아가면서 이기는 것만 탐한다면 결코 성공할 수 없기에 잘 새겨 두어야 할 대목이다.

둘째, 사소취대捨小就大이다. 이것은 작은 것은 버리고 큰 곳으로 나아가라는 뜻인데, 사소한 곳에 마음 두지 말고 크게 보고 나아가야 함을 일컫는 말이다. '소탐대실小貪大失'과도 일맥상통하는 말로, 작은 것을 탐하다가 큰 것을 잃는다는 뜻이다. 우리네 삶도 먼 미래를 보고 큰 행보를 하자는 교훈으로 받아들이면 될 것 같다.

셋째, 봉위수기逢危須棄다. 이것은 자신의 돌이 위험을 만나면 과감히 버리고 다른 곳을 도모하라는 뜻이다. 우리는 세상을 살아가면서 크고 작은 어려움을 만나기 마련인데, 그 어려움을 잘 피해 새로운 길을 모색하라는 교훈이다.

바둑이 우리에게 주는 또 다른 매력이 있다면, 그것은 승부가 끝난 후에도 두 대국자가 나누는 진지한 복기 장면이다.

대부분의 스포츠 경기는 승부가 끝나면 승자와 패자의 엇갈리는 명암만 보인다. 거기에는 승자의 환희와 패자의 소침消沈만 있을 뿐 패자에 대한 승자의 배려가 부족하다.

그러나 바둑경기는 그렇지 않다. 승부가 끝나면 지금까지 두었던 과정을 되짚으며 상호 의견을 개진하면서 진지한 소통을 한다. 물론 경기에 진 사람이나 이긴 사람에게 감정의 기복은 있을 것이다. 그렇지만 승자의 자만과 패자의 분노는 없고 겸손과 수용만 있는 경기, 이것이 바둑의 매력이다.

서로를 보듬어 주고 다독여 주는 바둑, 그래서 나는 짬짬이 바둑을 둔다. 더 나은 아름다운 승부를 위하여…….

껍데기
태大

일찍이 공자께서는 "아는 것을 안다고 하고 모르는 것을 모른다 하는 것, 이것이 바로 아는 것"이라 갈파하였다. 『논어』「위정」편에 나오는 그야말로 이 시대에도 통용되는 진리의 말씀이다.

옛날 어느 시골의 서당에 어린 학동學童이 있었다. 그런데 이 녀석의 머리가 비상하고 영리하여 일찍부터 주위의 촉망을 받고 있었다. 하지만 잔꾀가 많고 항상 으스대며 거만하게 구는 바람에 훈장이 어떻게 하면 이 못된 버릇을 고쳐 줄까 하고 고심하고 있었다.

그러던 어느 날, 훈장은 오랜 궁리 끝에 비장의 묘책을 찾아내어 그 학동을 불러 앉혔다. 그는 큰 대大 자를 창호지에 크게 써 놓고는

"이게 무슨 자字인고?"

하고 묻는다.

어안이 벙벙해진 녀석은 기가 막히고 자존심까지 상해 대답을 않고 눈만 깜빡거리고 있는데, 그 순간 머리에 번쩍 스치는 무언가 잡히는 것이 있었다.

속으로 짐작하길

"그래, 분명 여기에는 나를 시험하기 위한 함정이 있을 거야."

그는 그것이 무엇일지 생각에 잠기는데,

"네 이놈! 네놈이 이 서당에서 학문이 으뜸이라고 소문이 자자한데 어찌 이렇게 흔한 글자를 모른단 말인가. 어서 소리 내어 읽지 못할꼬!"

하고 다그치는 훈장의 호통이 서당을 가득 채운다.

깜짝 놀란 녀석은 잠시 멈칫거리다가 뭔가 확신을 얻은 듯 대답하길,

"예, 스승님! 이 글자는 껍데기 '태' 자입니다."

그 학동이 머리를 굴러 도출한 근거는 이렇다. 즉, 이렇게 흔한 글자를 자신에게 물었을 리는 없고 무언가 깊은 뜻이 숨어 있을 터인즉, 대★ 자는 콩 태★에서 속에 있는 알맹이(콩)가 사라지고 껍데기만 남으니 '껍데기 태'라고 나름 한 수 높은 유추를 한 것이다. 어찌 보면 영리하고 재치 있는 그럴싸한 대답이다.

그러나 녀석으로부터 엉뚱한 대답을 유도한 것은 훈장의 노림수였다. 학동은 영락없이 제 꾀에 넘어가고 만 것이다. 터지는 웃음을 간신히 참으며 훈장은 엄하게 꾸짖는다.

"네 이놈! 이것이 큰 대 자이거늘 무슨 수작을 부리는고! 네놈이 감히 이 스승을 조롱할 셈이더냐!"

꾸중과 함께 스승은 준비된 회초리로 녀석의 종아리를 후려친다.

　　　　　　　　　　　　　노을 위에 쓰는 낙서

"내 너 같은 놈을 제자로 둘 일이 없으니 당장 물러서지 못할꼬!"

아뿔싸! 사태의 심각성을 이제야 알아차린 녀석은 안절부절이다. 욕은 욕대로 얻어먹고 회초리 매까지 흠씬 얻어맞은 녀석은 스승 앞에 무릎을 꿇고 흐느끼며 입을 열었다.

"스승님, 제가 경솔하고 오만했습니다. 앞으로는 동문들의 입방아에 오르내리는 일은 절대 없을 것입니다. 부디 저의 불찰을 용서해 주십시오. 스승님!"

사실 스승의 의도는 큰 대★ 자에 대한 깊은 뜻을 가르치려는 데 있었다. 자신보다 부족한 사람에게는 넓은 가슴으로 보듬어 주고 항상 넉넉한 마음으로 삶에 임하라는 가르침을 줄 목적이었다. 그 후 스승의 깊은 뜻을 헤아린 학동은 겸손과 덕을 쌓아 훌륭한 선비가 되었다고 한다.

이러한 케케묵은 이야기가 요즘 사제지간의 규율이 무너지고 교육의 가치관이 흔들리는 현실에 어떻게 투영이 될지 모르겠다. 인간을 평가하는 기준이 학벌이나 지위가 되어서는 안 된다. 한 사람의 인격과 덕망의 두께가 그를 평가하는 중요한 잣대가 되어야 한다. 이것이 우리 사회가 지향해야 할 방향이요, 올바른 길이다.

기성세대의 잘못된 관행과 사고를 바꾸는 일은 쉽지 않다. 따라서 우리들의 후세에게는 반드시 올바른 사고와 정도正道를 가르쳐야 한다. 이것은 우리 사회가 반드시 해결해야 할 절실한 과제이다. 자라나는 아이들에게 지식을 주입시키기 전에 겸양과 인성을 가르치는 것이 절대적으로 필요하다. 그러나 각박해지는 세상에서 그 누가 먼저 깃발을 들 것인가? 이것이 문제이다.

미래를
보는
혜안

1

우리는 '백년대계'라는 말에 익숙해 있다. 주로 국가의 지도자들이 자신의 소신을 피력할 때 많이 쓰곤 한다. 예를 들면 '교육의 백년대계', '국가의 주요 정책이나 기술 개발을 위한 백년대계' 등의 거창한 청사진이다.

그러나 새로운 정책이 발표될 때마다 진정성이 부족하고 전시행정을 위한 일과성이라는 느낌을 지울 수 없다. 그간 정권이 바뀔 때마다 정책 입안자들도 덩달아 바뀌면서 언제 그런 정책이 있었던가 하고 흐지부지 소멸되어 버리는 사례를 우리는 수없이 보아 왔기 때문이다. 특히 교육, 금융, 주택정책 등 우리 국민들의 생활에 밀접한 관련이 있는 정책들에 일관성이 없다 보니 더욱 혼란스럽다.

여기서 정치지도자나 권력자들에게 당부하고 싶은 것은 정권이 바뀌더라도 각 부처의 중요한 정책 입안자들만은 유임시켜 정책의 연속성을 유지시켜 달라는 것이다. 선진국의 경우, 주요 정책 실무자는 정권 교체와 상관없이 지속적인 정책을 추진하고 실행할 수 있도록 유임시키는 묵시적인 불문율이 있다고 들었다.

반면 우리나라는 아직도 정권의 입맛에 맞고, 지연·학연과 연관된 인사를 하다 보니 정책이 수시로 바뀌거니와 전문성도 없는 엉터리 관료들이 자리를 지키는 경우가 허다하다. 이런 상태에서 백년대계는커녕 1년 대계마저 기대할 수 없는 일이다.

한편 국무위원, 즉 장관들의 경질은 왜 그렇게 빈번한가! 특별한 과오가 없는 한 최고 권력자와 임기를 같이해야 취임 시 약속했던 정책들을 꾸준히 이행할 것인데, 특정한 목적을 겨냥한 인사만 다반사로 이루어진다.

예를 들면 어떤 특정인에게 장관이나 특정 요직을 잠시 부여한 후 그 감투를 쓴 경력을 무기로 정치판(국회의원, 지자체 단체장)에 입문시키는 한심한 사례도 종종 볼 수 있다. 또한 정권 창출에 공을 세운 측근에게 보은 인사를 하다 보니, 전문성도 없는 문외한이 자리만 지키고 있는 기막힌 인사도 더러 있다.

이러한 인사 시스템으로 국정 운영이 제대로 될 리가 만무하고 국가 미래를 설계하는 백년대계가 작동될 수 있겠는가? 소신도 전문성도 없이 오직 최고 권력자의 눈치나 보고 비위만 맞추다 보니 무사안일에 빠지고 행정 시스템은 마비될 게 뻔하다.

물론 모든 국무위원이 다 그렇다는 것은 아니지만, 아무튼 우리 국민의 눈높이와 정치 판단력은 예전과 다름을 위정자들은 잘 알아야 할 것이다.

미국의 예를 보면 대통령의 임기와 주요 국무위원의 임기가 함께 가고 있음을 알 수 있다. 우리나라의 최고 권력자들이 반드시 그 이유를 알아야 할 대목이다.

위정자들은 미래를 보고 정치를 해야 한다. 사사로운 감정에 치우치거나 단기 처방과 임기응변식의 정치는 과실果實도 감동도 없을 뿐만 아니라, 훗날 역사의 엄중한 심판만 기다리고 있을 뿐이다.

요컨대 항상 초심初心으로 돌아가 국가의 미래를 설계하고 차근차근 실행할 용기와 결단력을 가진 지도자가 우리가 바라는 위정자의 모습이다. 그래서 미래를 보는 혜안이 중요한 것이다.

2

백년대계의 진수는 영국이 설계하고 완성한 홍콩이라는 도시에서 볼 수 있다.

1840년에서 1842년까지 계속된 영국과 중국 간 아편전쟁 결과 영국이 홍콩을 점령하게 되고, 1898년부터 100년간 영국을 조차(租借: 다른 나라의 영토를 빌려 일정기간 동안 통치하는 일)받게 된다. 제2차 베이징 조약의 산물이다.

그 후 영국은 홍콩을 세계적인 항구 도시로 조성하고 자유무역항으로 선포하여 일류 물류 도시로 탈바꿈시켰다. 그뿐만 아니라 홍콩을 아시아의 국제금융허브 도시로 만들고 과감한 관광산업

노을 위에 쓰는 낙서

정책을 통해 세계 각국의 관광객이 불야성으로 조성된 홍콩의 밤에 빠져들게 만들었다. 한마디로 이 사례는 영국이 고안한 백년대계의 산물로 지금까지 전대미문의 성공한 개발정책으로 손꼽히고 있다.

마침내 지난 1997년 7월 1일 영국과 중국 간 100년간의 조차 계약이 끝나고 훌륭하게 성장한 홍콩은 중국의 품으로 돌아갔다. 그러나 중국에 편입은 되었지만 홍콩 시민들의 일상은 종전과 변함이 없다. 홍콩을 반환할 때 영국은 협상을 통해 반환 후 50년 동안 홍콩의 현 체제를 유지키로 했기 때문이다. 다만 외교, 국방은 본토의 중앙정부에서 관리토록 하였다.

홍콩 여행을 해 본 사람도 경험해 봤겠지만 이용이 아주 편리한 지하철에 감탄했을 것이다. 노선은 2개밖에 없지만 'MTR(Mass Transit Railway: 대중이용철도)'이라 불리는 이 지하철의 최대 장점은 환승 기능이 아주 간편하다는 것, 한마디로 환승 시간이 아주 짧다는 것이다.

예를 들어 환승이 가능한 역에 도착하면, 타고 있던 지하철에서 내려 바로 맞은편에서 탈 수 있도록 설계되어 있다. 비록 땅덩어리는 좁지만 설계 당시 효율적이고 거시적인 안목으로 완성된 걸작이라 할 수 있다.

이에 반해 우리나라 서울 시내의 지하철의 사정은 어떤가? 누구나 겪은 불편이라 생각되는 종로 3가역의 경우를 보자. 다른 노선으로 갈아타려면 10여 분 이상 소요될 뿐 아니라 찾아가는 곳도 미로迷路처럼 얽혀 있어 한참을 헤매는 일이 일쑤다. 특히 노약자들은 방향을 찾지 못해 낭패를 보는 일이 허다하다.

이런 현상은 미래에 대한 예측 없이 즉흥적이고 주먹구구식인 행정에 기인한 필연적 산물이다. 비록 완성 시기를 다소 늦추더라도 머지않아 노선이 겹쳐질 것을 감안하여 세심한 설계를 했어야 했다. 미래를 예측하는 혜안이 얼마나 중요한가를 일깨워 주는 사례라 할 수 있다.

우리 민족의 최대 결점으로 지적되는 '빨리 빨리'는 더 이상 고집하지 말고, 앞을 내다보고 천천히 슬기롭게 대처하는 새로운 행동 모델이 필요한 때이다.

3

흔히 우리는 중국인들을 '만만디'로 표현하며 그들의 느긋한 행동을 비웃는 일이 있지만, 그것이 과연 올바른 자세일까 하고 반성할 필요가 있다.

정말 우리가 그들을 비웃는다면, 그것은 한마디로 난센스다. 지난 수십 년간 우리나라에서 벌어진 엄청난 인재人災는 예를 들 필요는 없겠지만 우리 후손들에게 너무나 부끄러운 과거사임에 틀림없다. 그런 엄청난 사고의 원인은 모두 미래를 보지 못하고 그저 '빨리 빨리'만 외치다가 생긴 불상사였다.

여기서 우리는 그 느긋한 중국인들의 행보에 주목할 필요가 있다. 그토록 '만만디'라고 비웃음을 당한 그들이 머지않아 우리 산업 기술을 앞서게 될 것이 예측되고 있는 지금, 아니 이미 앞섰는지도 모를 일이다.

노을 위에 쓰는 낙서

중국인들의 미래를 보는 혜안은 가히 독보적이라 해도 지나치지 않는다. 멀게는 수천 년의 장대한 역사를 이끈 만리장성의 거대한 꿈이다. 그것은 먼 미래를 이어 가는 대장정이었다. 만리장성은 필설로 설명할 수 없을 만큼 긴 역사와 많은 부침을 가진 고난의 행군이었다. 백년대계도 아니 천년대계를 내다본 장엄한 구축물…….

필자는 만리장성에 대해 자초지종을 설명할 지식과 엄두도 없다. 물론, 그들이 당초 군사 목적으로 쌓은 성이 이렇게 방대해졌지만 지금 세계 각지로부터 매년 수천만 명의 관광객을 끌어들이고 있다. 당초 자국의 정체성을 알리면서 달러까지 벌어들이리라 예상은 않았겠지만, 혹시라도 그런 목적까지 염두에 두었다 한들 그 누가 만리장성을 상업적인 산물이라 말하겠는가.

아주 사소한 이야기지만 중국인의 미래를 보는 혜안에 관한 어느 장인匠人의 전설도 있다.

가구 만들기를 가업으로 이어 가는 목수는 훗날 후세들이 재질이 좋은 목재를 사용할 수 있도록 철저한 준비를 해 두었다. 그는 산에서 벌목한 나무들을 물속에 담가 놓고 일정한 간격으로 끄집어내 건조시켰다. 건조된 목재는 건조가 완료된 날짜 별로 구분하여 쌓아 둔다. 일정 기간 물속에 잠겼다가 말린 목재는 가구로 완성되더라도 쉬이 뒤틀리지 않고 튼실한 상태를 유지한다. 후손들도 선조들의 뒤를 이어 똑같은 대물림을 이어 갔다.

비록 가내공업의 사소한 사례지만 후손들의 미래까지 내다본 장인의 혜안은 가업을 이어받은 후손들의 감동을 받기에 충분했을 것이다. 물론 지금은 새로운 첨단화된 기술로 목재를 다룰지도 모르나, 그 당시의 상황에서 미래를 내다본 본받을 모델이다.

대만 사람들의 긴 안목을 알 수 있는 사례도 있다. 대만의 기업가들이 중국에서 미국으로 유학 간 어려운 학생들에게 익명으로 장학금을 보내 줬다는 소식이 오래전에 있었다. 그들은 언젠가는 본토인 중국과 통일될 것임을 믿고 미래를 위한 인재 양성에 일익을 담당한 것이다. 이것이야말로 진정한 백년대계로서 독지가들의 긴 안목에 감탄하지 않을 수 없다.

비록 적대 관계인 두 나라이지만 사상과 이념을 넘어 민족의 장래를 담보하는 큰 행보를 한 그들의 위대한 혜안에 박수를 보낸다. 아직까지 남과 북이 총을 겨누고 있는 우리나라 국민들도 이러한 사례를 타산지석으로 삼아야 할 것이다.

지금까지 예시한 크고 작은 몇몇 사례가 그 경중을 떠나, 이 나라 위정자나 국민들에게 값진 교훈이 되었으면 하는 바람으로 장광설長廣舌을 늘어놓고 말았다.

소통에
대하여

요즘 우리 사회에서 가장 많이 회자되고 있는 말이 있다. 그것은 '소통'이란 단어다.

잘 알다시피 경영학에서는 의사소통을 '커뮤니케이션'이라 한다. 기업에서는 라인과 스태프 조직 간에 원활한 의사소통이 있어야 소기의 경영 목표를 달성할 수 있다. 조직 사이의 소통의 길이 막히면 기업의 활동은 동맥경화에 시달리는 환자와 다를 바 없다.

의사소통은 기업에만 국한되는 것이 아니고 가정이나 공공기관, 나아가 정치권에 이르기까지 인간의 숨결이 머무는 모든 곳에 있어야 할 필수적인 요소이다. 소통을 위해서는 끊임없는 의견 개진과 논쟁을 통해 컨센서스(의견 일치)를 도출해야 긍정적 결과를 얻어내고 소기의 목적을 이룰 수 있다.

한때 젊은이들 사이에 〈대화가 필요해〉라는 유행 가요가 성행했고 모 방송국의 개그 프로그램에도 〈대화가 필요해〉란 코너가 우리의 관심을 끌었다. 이것은 인간관계에서 가족 간이나 연인 사이에서도 대화, 즉 의사소통이 얼마나 중요한가를 인지시키는 반증이기도 하다.

가정에서도 부부나 자녀들 간의 소통이 원활치 못하면 상호 불신과 무관심이 일상화되어 가정으로서의 둥지가 상실되고 만다. 또한 기업이나 공공기관 내에서는 물론 국민과 정치권, 나아가 최고 권력층 간의 소통도 마찬가지다.

역사 속으로 들어가 보면, 조선시대의 임금 중 의사소통을 가장 훌륭하게 수행한 분은 세종대왕이다.

임금께선 경복궁 내 근정전에서 여러 신하들을 불러 모아 어전회의를 주제하여 난상토론을 벌이게 하였다. 하나의 주제를 설정해 놓고 모든 신하의 의견을 경청할 뿐만 아니라 자신을 비판하거나 자신의 뜻에 반하는 의견을 제시하는 신하에게도 전혀 괘념치 않았다. 오히려 그런 신하들에게 격려까지 하며 훌륭하다고 칭찬까지 서슴지 않았다는데, 이것은 세종께서 모든 사안事案을 두루 파악하고 있는 자신감에서 비롯된 행동이 아닌가 싶다.

이와 같은 통 큰 다스림이 모든 신하로부터 추앙을 받을 수 있었고, 비판자들마저 왕의 뜻을 따르는 계기가 되었다 한다. 이렇듯 절대 권력자인 임금이 자신을 한껏 낮춤으로써 존경을 받고 이것이 국익을 도모하는 단초가 되었으니, 그는 성군의 자격이 충분한 훌륭한 지도자임에 틀림없다.

세종께서는 붕어하신 지 600여 년이 지난 지금까지도 온 국민의 칭송을 받는 탄탄한 리더십을 보여 준 베스트 모델이다. 또한

노을 위에 쓰는 낙서

그는 한글을 창제하고 과학 분야에도 많은 업적을 쌓으셨다.

그러나 그의 위대한 치적에도 불구하고 후손들이 번창치 못한 것은 불가사의한 일이다. 흔히 조상이 덕을 쌓으면 후손대에서 빛을 본다는데, 아들 문종은 즉위한 후 줄곧 병마에 시달리다가 제대로 된 국정 한번 수행하지 못하고 38세에 병사했으며, 장손 단종은 불과 16세의 어린 나이에 숙부인 수양대군에 의해 불귀의 객이 되고 말았으니, 비정한 역사의 단면은 말이 없을 뿐이다. 후손들이 선왕의 업적을 거울삼아 선정을 베풀 기회조차 없었으니, 하늘에서 이를 지켜본 선왕의 흉금은 어떠하였을까?

경영학에는 '브레인스토밍Brain Storming'이라는 용어가 있다. 이 것은 어떤 주제를 설정해 놓고 자유토론을 하는 회의기법이다. 회의의 구성원은 사회자, 기록자, 그리고 6~10명의 토론자들이다.

이들은 무제한 난상토론 끝에 실행 가능한 아이디어를 도출해 내는데, 회의 도중 상대방에 대한 어떤 비난과 타인이 낸 아이디어에 비방도 않는 것이 특징이다. 돌이켜 보면 세종께선 이미 600여 년 전부터 이러한 방식을 도입하신 브레인스토밍의 선구자였던 셈이다.

기업의 CEO나 행정기관의 수장, 그리고 최고 권력자들이 일방적인 명령이나 지침을 하달한다면 원활한 의사소통이 이루어질 수 없다. 조직 내의 의견이 반영되지 않는 지침은 소통에서 나온 산물이 아니고 통보나 마찬가지다.

국가에 어떤 위기나 문제가 생기면 상호 토론을 통하여 의견을 조율하고 컨센서스를 이루어 최종 결과물을 도출해 내는 것이 올바른 방향이다. 따라서 지도자들도 자신에 대한 오류를 지적한다면 겸허히 수용하고 수정할 줄 아는 용기가 필요하다. 이런 자들이 진정으로 위대한 지도자가 될 수 있는 것이다.

입에 쓴 약이 보약이 되듯 쓴소리를 하는 사람이 진실을 보며 모든 사안을 올바르게 알고 있는 것이다. 따라서 진언을 하는 사람이 권력자나 지도자들에게는 진실한 참모요, 충신이다.

달콤한 말로 윗사람의 비위나 맞추고 아부를 일삼는 사람은 경계해야 할 인물이다. 이런 사람은 자신에게 치명적인 타격을 주는 백해무익한 간신배임을 알아야 한다. 쓴소리와 달콤한 말을 구별 못하는 자는 지도자로서 자격 미달이다. 문제는 당사자가 이런 사실을 진정 모르는 것인지, 아니면 알고도 모르는 체하며 자신의 권세에만 도취되어 있는가 하는 것이다.

분명한 것은 이들이야말로 자신들의 철학이 빈곤한 어리석은 지도자일 따름이다. 또한 소통의 부재로 초래된 부작용의 대가이기도 하다.

정치권이나 국가기관 또는 기업체 내부의 이런 지도자는 성공할 수 없다. 시스템이 작동해야 할 모든 자리에 원활하고 자유로운 소통이 이어지길 기대한다. 이것이 상호 신뢰를 일궈 내고 협치를 도모하여 조직체나 국가의 미래를 밝혀 줄 바른 방향이기 때문이다.

인간이 존재하는 조직 사회, 행정기관, 권력 중심부 어느 곳에서도 자유롭고 건설적인 의견 개진이 활발해지기를 기대한다. 이

노을 위에 쓰는 낙서

는 600년 전 절대 군주이었던 세종대왕께서도 몸소 솔선하였던
일이 아니던가!

세상만사
『이런저런 이야기』

독이 된
선물

『이솝 우화』에 등장하는 두루미와 여우의 식사하는 장면이 아주 재미있다. 두루미는 여우를 식사에 초대하여 놓고는 목이 긴 병 속에 음식을 넣어 놓고 여우더러 먹기를 권하니 곤혹스런 여우의 모습이 우스꽝스럽다.

반면 여우도 두루미를 초대하여 앙갚음을 하는데, 난감하기는 두루미도 마찬가지다. 평평한 쟁반에 먹을 것을 담아 놓고 먹기를 권하지만 두루미의 표정 역시 마뜩찮다.

여기서 우리가 얻는 교훈은 상대방에 대한 배려심이다. 아무리 맛있는 음식을 대접하더라도 상대가 편안하게 먹을 수 없다면, 이는 올바른 예우가 아니다.

선물 또한 마찬가지로 받는 이에 대한 배려가 필요하다. 너무 값비싼 선물은 상대에게 오히려 부담을 주게 되고 특히 이해관계가 있는 경우라면 뇌물이 되어 큰 벌을 받을 수도 있다.

노을 위에 쓰는 낙서

항상 좋은 것만으로 인식되는 선물도 상황에 따라 좋지 않은 결과를 가져올 수 있으므로 상대방의 처지를 헤아려 선물을 하는 것이 현명한 처사일 것이다. 물론 상호 부담이 없는 막연한 지인들끼리 주고받는 가벼운 선물이라면 문제될 게 없겠지만…….

얼마 전 나는 뒷맛이 개운치 않은 황당한 일을 경험하였다.

추석 명절을 며칠 앞둔 어느 날 오후, 동네 공원 놀이터에서 세 살 난 손자 녀석을 돌보며 아이 주위를 서성이고 있었는데, 그때 아주 기이한 장면을 목격하였다. 놀이터 바로 옆에 위치한 경로당에서 거동이 아주 불편한 할머니 한 분이 한 손에는 지팡이를 짚고 다른 한 손에는 커다란 비닐봉지를 들고 걸어 나오고 있었다. 그런데 그것은 걷는 게 아니고 차라리 기어 나오는 모습과 같았다.

손바닥만 땅에 닿지 않았을 뿐 허리를 거의 90도로 굽히고는 발걸음을 옮기는 모양새가 처절하기까지 했다. 한 발짝 걸음을 하고 잠깐 쉬고 또 한 걸음 하고 다시 쉬는 그녀의 발걸음은 굼벵이의 이동 속도와 진배가 없었다. 그 할머니의 집이 어딘지는 몰라도 이런 속도로 걸어간다면 해지기 전에는 끝날 일이 아닐 성싶었다.

할머니의 모습이 하도 딱하여 그 짐 꾸러미가 뭐냐고 물었다.

"우리 늙은이들 먹으라고 보내 준 가래떡이라우."

추석 명절을 앞두고 복지 기관에서 나눠준 선물인 셈이었다. 그러나 나는 이런 꾸러미를 전해 준 기관 담당자의 소견이 정말 한심하다는 생각이 들었다. 오늘 이런 선물을 받은 사람들이 대부분 70~80세들 넘나드는 노인들이라면 애당초 그들의 집으로 배달을 해 줘야 될 일이 아닌가 싶었기 때문이다.

도시의 경로당에서는 이런저런 노인들이 모여 소일을 하지만 대체로 생활이 어려운 분들이 많은 걸로 알고 있다. 이런 노인들이 명절을 앞두고 뜻있는 선물을 받고 분명 기뻐했을 터다. 하지만 이렇게 무거운 짐을 들고 집으로 돌아갈 생각에 마음 걱정이 얼마나 심했을까.

외롭고 어려운 노인들에게 이런 성의를 전하는 것은 정말 고맙고 칭찬받을 일이다. 그러나 이와 같은 일이 벌어질 것을 예측 못한 것은 큰 실책이다. 결국 선심을 쓰고도 욕만 얻어먹는 결과가 된 것 아닌가?

딱한 그녀의 모습을 보고 지나칠 수는 없는 노릇이었다. 나도 일흔을 바라보는 노인이건만 용기를 내어 보기로 했다. 할머니의 짐 꾸러미를 뺏다시피 하여 어깨 위에 들어 올렸다.

"할머니, 앞장서세요. 내가 갖다 드리겠소."

할머니는 고마워 어쩔 줄을 모르며 앞장을 섰다.

짐 꾸러미는 족히 10킬로그램은 넘을 성싶었다. 어린 손자를 홀로 남길 수 없어 평소 안면이 있는 아주머니께 손자를 잠깐 맡기고 길을 나섰다.

남자인 내게도 10㎏은 버거운 짐이었다. 그런데 문제는 할머니의 걸음 속도였다. 짐작은 하고 있었지만 그녀는 거의 걸을 수 없는 상태였다.

내가 5미터 정도 걸어가 잠깐 기다리면 그녀가 따라오는 이런 상태가 계속 반복되다 보니 진전이 없었다. 추측건대 그 할머니의 척추 상태는 이미 치료 시기를 놓쳐 버린 구제불능의 지경에 이른 것 같았다.

노을 위에 쓰는 낙서

그렇게 얼마나 갔을까? 걸린 시간을 체크해 보니 그새 약 40분이 흘렀다. 드디어 도착한 곳은 어느 연립주택이었는데, 그것도 그 할머니는 3층에 산다고 했다. 내가 들어올리기도 벅차 숨이 막혔는데 그녀는 무슨 생각으로 이 무거운 짐을 이끌고 길을 나서려 했던 걸까.

그녀는 자식들과 연이 없는 독거노인이라 했다. 설사 자식들이 있다 해도 나 몰라라 하는 그런 상태로 보였지만 더 이상 물어볼 수는 없는 일이었다.

부담 없는 선물이란 아름답고 좋은 것이다. 주는 이, 받는 이 모두 훈훈한 정이 오가는 우리 인간만이 누릴 수 있는 미덕이다. 그러나 그녀가 받은 가래떡이 과연 따뜻한 마음을 주는 선물이 될 수 있었을까?

좋은 뜻으로 베푼 선물도 전하는 이의 판단이 미숙하면 독으로 변할 수 있다는 사례를 느끼게 하는 하루였다. 씁쓸한 마음을 가슴에 품은 채 놀이터에 남겨둔 아이 걱정에 발걸음을 재촉하였다.

위기의
노인들

선선한 바람이 부는 늦가을 어느 날 오후, 경부선 하행 열차가 대전역에 멈췄다. 열차 안 창가에 자리 잡은 한 청년 옆에 수염도 깎지 않은 텁수룩한 차림의 중년 남자가 무거운 가방을 들고 털썩 앉았다. 나그네의 묵직한 가방이 청년의 좌석을 밀쳐 낼 기세다.

청년은 낯선 침입자의 얼굴을 보면서

"어디 다녀오시는지 짐이 꽤 많네요."

하고 약간 볼멘소리로 인사를 건넸다.

"학교 갔다 오는 길이요."

하고 그는 퉁명스럽게 내뱉었다.

"아! 그러시군요. 이 연세에 대단하십니다."

하고 말을 받자마자

"이봐, 젊은이! 자네 지금 나를 놀리는 거야! 어린놈이 버르장머리 없이……."

노을 위에 쓰는 낙서

하며 매서운 눈초리로 노려보는 게 아닌가? 순간 겁에 질린 청년은

"아……, 저는 그냥……."

하고 꼬리를 내리고 만다. 그 후 둘 사이의 대화는 끊어졌다.

다음 날 저녁, 그 청년은 친구와 만난 술자리에서 전날 자신이 겪은 황당한 이야기를 꺼냈다. 그러자 청년의 친구는 한바탕 소리 내어 크게 웃더니,

"야, 이 순진한 놈아! 그 사람은 진짜 학교 간 게 아니고 감옥 갔다가 형기 마치고 돌아간다는 뜻이라고, 맹추야!"

하며 다시 한 번 껄껄 웃는다.

아니! 이럴 수가? 그렇다면 감옥에서 나온 사람한테 "대단하십니다."라고 하였으니 그의 아픈 상처를 건드린 셈이 아닌가?

그랬다. 한때 감옥 갔다 온 사람들을 학교 갔다 온 것으로 에둘러 말하기도 했다. 범죄 행위를 뉘우치고 새로운 삶을 갖도록 교화시키는 이른바 개과천선改過遷善케 하는 곳을 학교라고 이를 만했다.

일본에서 일어난 이야기 하나 더! 역시 열차 내에서 낯선 옆 사람끼리의 대화 내용이다. 대화 내용을 한번 들여다보자.

"선생님은 어디 다녀오세요?"

"한국에요."

"아! 그렇군요. 여행 다녀오셨나 봅니다. 즐거웠겠습니다."

"뭐야! 당신, 지금 날 놀리는 거야?"

"예? 무슨 말씀을 그렇게까지……."

주고받는 말들이 심상치가 않다. 한국으로 다녀온 것으로 생각하고 인사를 했는데 버럭 화를 내며 잡아먹을 듯이 달려드니 도저히 이해가 되지 않는다.

그런데 그 말속에 숨은 진실은 이러하다. 즉, 일본어로 한국은 '칸코쿠'이고 감옥은 '칸고쿠'이다. '코'와 '고'의 발음은 청음淸音과 탁음濁音으로 구분이 되는데 이 발음을 잘못 알아들어 두 사람 사이에서 사단이 난 것이다.

아니, 감옥 갔다 온 사람에게 한국을 다녀온 것으로 잘못 알아듣고 "즐거웠겠습니다."라고 했으니 듣는 이는 화가 치밀 노릇이 아니겠는가. 물론 이 두 이야기는 누군가 재미로 만들어 낸 유머로 보이지만 상대의 말뜻을 잘못 이해하여 생긴 해프닝이다.

어느 죄수의 사랑 이야기를 노래에 담은 팝송도 있다. 석방을 목전에 둔 청년이 연인에게 편지를 썼다.

"만약 아직도 나를 사랑하고 있다면 내가 출소하는 날 고향 마을 어귀에 있는 참나무에 노란 리본을 달아 놓아 주오."

마침내 그가 출소하는 날 버스를 타고 그리던 고향 마을에 다다를 무렵, 그는 차마 눈을 뜰 수가 없었다. 혹시 여인의 변심이 현실화될 두려움 때문이었다.

청년은 운전기사와 승객들에게 사연을 설명하고 기사에게 자기 대신 노란 리본의 존재 여부를 확인해 달라는 부탁을 하고 눈을 감았다. 과연 그의 연인은 노란 리본을 달아 놓을 것인가?

잠시 후 "와아!" 하는 함성에 눈을 뜬 청년! 참나무 가지에는 노란 리본이 주렁주렁 매달려 있음을 보고 감격의 눈물을 흘린다.

마침내 청년은 꿈에 그리던 여인과 멋진 재회를 한다는 내용의 팝송이다.

'토니 올란도&돈'이 부른 〈참나무에 노란 리본을 매달아 주오Tie a yellow ribbon round the oak tree〉이다. 그야말로 제목이 아주 긴 소설 같은 노랫말인데, 비록 죄수이지만 낙천적이고 낭만이 깃든 서양인의 기질이 엿보인다.

감옥 이야기를 했으니 탈옥에 관한 일화도 빠질 수 없다. 소설 같은 이야기와 실화도 있다. 수많은 영화 팬들을 열광시킨 세기의 수작으로 꼽히는 영화 〈쇼생크 탈출〉을 언급하지 않을 수 없다.

억울한 살인 누명을 덮어쓰고 종신형을 선고받은 주인공 '앤디'(팀 로빈스 분)의 명연기와 박진감 넘치는 탈옥 과정은 우리의 오금을 저리게 했고, '레드'(모건 프리먼 분)의 구수한 입담과 노련한 연기는 관객을 압도했던 명작이었다.

또한 이 영화를 대표하는 보석 같은 명언이 포스트에 쓰여 있다.

"두려움은 너를 죄수로 가두고 희망은 너를 자유롭게 하리라Fear can hold you prisoner hope can set you free."

영화의 내용과는 별개로 고단한 현대를 살아가는 우리에게 던져주는 훌륭한 좌우명으로 갖고 싶다.

한편 실화로 각색된 영원한 명작은 세기를 넘나드는 〈빠삐용〉이란 영화이다. 이 영화의 실존 인물이자 원 저자인 '앙리 샤리에드'는 탈옥 후 모진 풍상을 겪다가 스페인에서 암으로 세상을 떠났다고 전해진다. 그야말로 그의 일대기는 한 편의 드라마 같은 파란만장의 생애였다.

이 영화가 끝날 무렵 주인공 **빠삐용**(스티브 맥퀸 분)과 드가(더스틴 호프만 분)는 악마의 섬에서 다른 운명을 선택한다. '바삐용'은 탈출을 감행하고 '드가'는 섬에 남아 토마토를 심고 돼지를 키우며 살아간다.

깡마른 야자수 열매를 부력으로 이용하는 치밀한 계획과 조류를 적절히 활용하여 탈출에 성공하는 빠삐용의 지혜가 이 영화의 백미다. 또한 이 영화는 탈출 장면도 통쾌하지만 1차 탈출에서 실패한 주인공이 겪는 엄청난 고초와 끔찍한 인권 유린 사례는 관객의 공분을 사기에 충분했다.

나는 감옥에 가 본 적은 없지만 수년 전만 하더라도 죄수들의 감방 생활은 참혹했다고 전해진다. 주거, 섭생, 취침, 기타 생리작용에 대한 위생시설 등이 취약하여 엄청난 고통을 겪은 죄수들……. 비록 죄는 밉지만 인간다운 생활은 최소한 보장해 주어야 하는 것이 옳은 일일 것이다.

오래전 무더운 열대 지방에서 취업차 장기 근무를 하고 있을 당시, 아주 희한한 장면을 목격한 일이 있다.

섭씨 35도를 넘나드는 뜨거운 도로를 걷다가 나무 그늘에서 잠시 더위를 식히고 있는데, 맞은편 건물 창틀에 매달린 새까만 생물체들의 움직임을 보았다. 동행하던 현지인에게 도대체 저 물체가 무엇이냐고 물었더니 아주 충격적인 사실을 털어놓았다.

그것은 동물이 아닌 멍키 하우스(monkey house: 감옥의 속어)의 죄수들이라 했다. 에어컨은커녕 선풍기 하나조차 없는 찜통 같은 감방에서 더위를 견디지 못한 죄수들이 창틀에 몰려와 원숭이처럼

노을 위에 쓰는 낙서

대롱대롱 매달려 있는 모습이라는 것이다.

그곳 감방 안은 족히 섭씨 40도를 훨씬 웃도는 기온이었으리라. 얼마나 더웠으면 한 줌의 바람이라도 맞아 볼세라 안간힘을 다하고 창틀에 매달려 있었던 것이다.

나는 그때 아무리 죄가 미워도 어찌 인간을 저토록 학대할 수 있을까 하는 마음에 분개하기까지 했던 기억이 있다. 이젠 세상도 많이 바뀌어 대부분의 국가는 인권 신장이라는 우선적 가치를 당연시하고 있다. 일부 공산국가는 예외이겠지만…….

한편 얼마 전 영화보다 더 충격적인 탈옥사건이 일어났다. 중남미 멕시코에서 벌어진 세기적인 탈옥 사건이다. 그 나라의 범죄 두목이며 마약 왕으로 악명이 높았던 '구스몬'이라는 죄수의 탈옥 사건이 온 세계를 경악케 했다.

자그마치 1.5km의 땅굴을 파서 탈출을 감행한 것도 놀라운 일인데, 더 기가 막힌 일은 그곳의 교도원과 간수들의 은밀한 협조가 있었다 하니 고양이한테 생선가게를 맡긴 꼴이 된 것이다. 다행히 탈옥한 죄수는 검거되었지만 그 사건에 연루된 뻔뻔한 조력자들은 검은돈 앞에 무릎을 꿇고 스스로 자신의 무덤을 판 어리석은 자로 전락하고 말았다.

그런데 최근 감옥 생활에 대한 긍정적인 면이 부각되면서 무언가 미묘한 변화가 일고 있다. 우리가 어릴 적 읽었던 소설 같은 이야기가 현실화되고 있는 것이다.

그 당시 이런 소설이 있었다. 어떤 실업자가 날씨는 추워지고 밥벌이는 더욱 어려워지자 일부러 죄를 짓고 교도소에 들어간다는 이야기다. 그런데 이제 소설속의 이야기가 현실로 나타나고 있다는 것이다.

그곳은 다름 아닌 이웃 나라 일본에서 일어난 충격적인 이야기다. 생활고에 시달리는 무의탁 노인들이 고의로 죄를 짓고 감옥으로 가는 일들이 비일비재하다는 소식이 들리고 있다.

숙식과 안락한 여가 생활까지 보장되는 교도소라면 자신에게 낙인되는 주홍글씨도 더 이상 문제가 되지 않는다는 게 그들의 생각인 셈이다. 그야말로 고령화 시대의 슬픈 단면으로 서글픈 현실이 아닐 수 없다.

우리나라도 이미 노령화 시대에 접어들었다는데, 일본과 같은 일이 언제 벌어질지 모를 일이다. 대학까지 졸업한 자식들도 취업에 허덕이고 설사 직장을 구했다 하더라도 박봉과 미래에 대한 불안감으로 인해 부모 봉양은커녕 용돈 몇 닢도 쥐어 주지 못하는 현실이 우리의 가슴을 아프게 한다.

재미삼아 늘어놓은 감옥 이야기가 우리 사회의 어두운 단면으로 비화되고 말았지만, 이웃 나라 일본에서 들려오는 경고음을 결코 외면해서는 안 될 일이다.

노후 생활의 모든 것을 국가가 책임질 수는 없다. 그러나 무의탁 노인이나 절대 빈곤층에 있는 그들에게만은 적극적 관심과 대책이 절실한 때이다.

일부러 죄를 짓고 감옥으로 가겠다는 말도 안 되는 시대 풍조는 어떠한 수단을 동원해서라도 막아야 되지 않겠는가. 정부는 그저 인기 영합적인 정책에 연연하지 말고 도움이 절실한 소외 계층에게는 반드시 선택적 복지가 이루어지도록 해야 할 것이다.

노을 위에 쓰는 낙서

명태의
넋두리

내가 누구냐고요?

나의 본명은 명태올시다. 내가 이름을 갖게 된 때는 그리 오래 되지는 않았지요. 그러니까 조선시대 26대 임금 고종시대에 일어난 일입니다.

어느 날 함경도 명천明川에 사는 어떤 어부가 이름 모를 길쭉한 생선을 잡았는데 요리를 하여 먹어 보니 맛이 담백하여 그 지방 도백(道伯: 지금의 도지사 격)에게 진상되었다는군요. 도백 역시 처음 먹는 생선이지만 맛이 특이하여 요리사에게 묻기를

"이게 무슨 생선인고?"

"명천에 사는 태太씨 성을 가진 자가 잡아 올린 것인데, 생선 이름은 소인도 모르겠나이다."

그러자 그 도백은 명천의 "명"자와 태씨 성 "태"자를 따서 명태라고 불러라 했다는데, 그저 믿거나 말거나 전해 오는 이야기쯤

으로 생각하자고요.

그 후 그대들은 우리 명태를 즐겨 먹곤 하는데 그 이유는 간단하지요. 즉, 가격 착하지요. 영양가가 풍부하니 더 이상 바랄 게 있겠어요?

특히 살찌는 것을 싫어하는 현대인들에게 안성맞춤인 생선이지요. 지방질은 적고 단백질은 풍부하니 이게 최상의 먹거리 아닌가요? 게다가 칼슘과 철분 그리고 비타민까지 골고루 들어 있으니 피로 회복을 돕고 특히 술꾼들에겐 지친 간을 해독시켜 주는 좋은 생선이지요.

그대들이 어릴 적에 아침잠을 깨우는 다듬이 방망이 소리를 들은 적이 있지요? 간밤에 과음하신 아버지의 술독을 풀어 주기 위해 그대들의 엄마께서는 우리를 몸뚱이를 마구 두들겨 패고는 그 분신分身으로 해장국을 만드는 과정이 우리를 슬프게 했답니다.

이것뿐만 아니죠. 그대들이 우리가 바다에서 잡힌 후 우리가 변화되는 모습과 상황에 따라 새로운 이름을 붙여 주곤 하는데, 그 실상이 정말 가관입니다. 아마도 지구상에서 우리만큼 많은 이름을 갖고 있는 생물이 있다면 어디 한번 나와 보라 그래요. 그럼 지금부터 슬슬 들어가 볼까요?

우선 어부들이 우리를 바다에서 처음으로 잡아 올리면 일단 '명태'라고 부르는데, 그다음부터 요란 복잡해집니다. 우리가 물 위로 올라와서 신선도新鮮度가 유지될 때 까지는 '선태鮮太' 또는 '생태生太'라네.

그 후 냉동이 되어 꽁꽁 얼어 버리면 '동태凍太'가 되고, 먼 바다에서 잡힌 것은 '원양태遠洋太', 국내 근해에서 잡히면 '지방태地方太', 그물로 잡힌 것은 '망태網太', 낚시로 잡히면 '조태釣太', 강원도에서 잡히면 '강태江太'라고 부릅니다.

벌써 머리가 지끈지끈하지요? 그런데 얼음처럼 딱딱해진 우리 육신 즉, 동태가 강원도 지방으로 이동되는 이유는 잘 알고 있겠지요? 컴컴한 냉동차에 실려 몇 시간을 가다보면 대관령 고개나 고성등지에 도착되는데 이때부터 우리는 또 다른 변신을 한답니다. 자! 한번 볼까요?

강원도 고성등지의 덕장에서 말린 것은 '북어' 또는 '건태乾太'라 부릅니다. 그리고 대관령 근처 덕장에서 말렸다 얼렸다를 반복하여 배를 가른 것은 '황태黃太'라고 하지요. 황태는 속살이 노랗고 육질이 부드럽고 고소하여 그대들의 입맛을 한껏 돋우지요.

또한 장소에 구애 없이 구덕구덕 반쯤 말리면 '코다리'라 부릅니다. 상자에서 꺼낸 동태를 약 40마리 단위로 코를 꿰어 말리는데, 정말 못 견디게 힘듭니다.

한편 계절에 따라 붙여지는 이름도 있지요. 봄에 말린 것은 '춘태春太', 동짓달에 말리면 '동지태冬至太'라고 불리지요.

우리를 건조시키는 덕장에는 말뚝을 박아 놓고 그 위에 삼단으로 장대를 가로질러 시설을 해 놓습니다. 그리고 이 구축물의 제일 상단에 걸린 것은 '상태上太', 중간에 걸린 것은 '중태中太', 아래쪽에 걸린 것은 '하태下太'라 부릅니다.

그러다가 걸린 생선이 어쩌다 떨어지면 "야! 낙태落太 주워 올려라!" 하면 정말 기가 막힌다오. 더욱더 가슴 아픈 이름은 '파태破太'인데요. 이것은 바닥으로 내팽겨져 우리 육선이 산산조각으로 부서진 것을 이릅니다.

한편 아직 덜 자란 어린 새끼들은 '노가리' 또는 '앵치'라고 부릅니다. 그런데 부탁 하나 드립니다. 제발 어린 새끼들은 잡지 마세요. 드넓은 바다에서 맘껏 꿈을 펼칠 기회도 주어야지요. 적어도 성어成魚가 될 때까지 말입니다.

마지막으로 특이한 이름 하나 더 소개할까 합니다. 강원도에서는 겨울에 잡히는 명태를 '은어받이'라고 부릅니다. 명태가 은어를 잡아먹기 위해 따라 움직인다 하여 붙여진 이름이지요.

은어는 명태인 우리들에게는 아주 맛있는 먹잇감입니다. 민물에서 서식하는 은어와는 다른 생선입니다. 그러면 바다 은어가 무슨 생선인지 아시나요? 이것은 '도루묵'의 또 다른 이름인데, 잠깐 이 생선에 얽힌 이야기를 소개할게요.

옛날 조선시대 14대 임금인 선조께서 임진왜란을 맞습니다. 그때 피난길에서 수라상에 오른 이 생선을 처음 접하였는데,

"이 생선 이름이 무엇인고?"

"예, 목어木魚라고 불리는 생선입니다. 전하."

그러자 임금께선

"이렇게 맛있는 생선 이름이 목어라니, 앞으로는 은어銀魚라고 부르도록 하라!"

하고 명을 내렸답니다. 이 생선의 뱃살 부문이 은색으로 덮여있어 이렇게 명명했다지요.

그 후 전쟁이 수습되고 환궁한 임금께서 그 생선 맛이 간절하여 은어 요리를 청하였는데,

노을 위에 쓰는 낙서

"지난번 피난길에 먹었던 그 맛이 아니구나. 이 생선을 도로 목어라고 이르거라."

피난길에서 성은聖恩을 입은 이 생선은 가엾게도 은어에서 도로목어로 또다시 도루묵으로 바뀌어 부르게 된 전설입니다. 사실 맛이야 똑같은 생선이건만 피난길에서의 초라한 수라상에서는 빛을 발했을 터이고 산해진미가 넘치는 궁에서의 이 생선은 점지되기가 쉽지 않았겠지요.

그러나 지금도 어시장의 상인들과 강원도 지방에서는 도루묵을 은어라고 부르기도 한답니다.

그런데 요 근래 우리 명태가 살아가는 데 많은 문제가 생겼답니다. 강원도 동해바다에서 서식하던 우리 가족은 더 이상 살아갈 수가 없게 되었어요.

찬 바다에서 생활해야 하는 우리의 습성이 해수 온도가 점점 높아지는 동해에서 적응할 수 없게 된 거지요. 지구 온도가 너무 높아진 탓입니다. 흔히 일컫는 온난화 현상 때문에 일어난 사건입니다. 이렇게 되고 보니 그대들이 먹고 있는 명태의 90% 이상은 추운 지방인 러시아에서 잡힌 것들입니다.

넋두리도 많았지만 자랑도 많았네요. 끝으로 부탁 하나 더 드립니다. 제발 우리 어미들이 산란하는 시기에는 조업을 자제해 주십사하는 염원입니다. 우리 종족이 끊어지면 그대들의 먹거리도 줄어들게 뻔한 일 아닌가요. 함께 미래를 생각해야 합니다.

그런데 얼마 전 아주 반가운 소식이 있었습니다. 우리 명태를 인공 양식하는 시설이 성공리에 만들어졌다는데요. 국내의 유명한 연구진들의 끈질긴 노력 끝에 이끌어 낸 성과물입니다. 동해 바다에서 수온이 낮은 해저 암반수를 끌어올려 우리가 서식하기 좋은 환경을 만들어 놓고 양식을 시작한 것입니다.

해저 암반수를 수시로 끌어올려 수온유지를 하려면 만만찮은 비용이 소요되겠지요. 하지만 이렇게 해서라도 동해에서 자란 명태를 맛볼 수 있다면 좋은 일이겠지요. 가격이 문제가 되겠지만 어쨌든 반가운 소식입니다. 머지않은 장래에 그대들의 식탁에도 청정해역 동해에서 잡은 국내산 명태가 찾아갈 것입니다.

이미 세상을 떠난 명천의 착한 어부 태太 서방도 무척 기뻐하고 있겠지요?

노을 위에 쓰는 낙서

모두를
아우르는
영웅

다음에서 설명하는 나라는 어디일까?

"자타가 공인하는 세계의 평화를 다스리는 국제경찰 국가,
자국화를 마구 찍어 내어도 크게 걱정을 하지 않는 나라,
가공^{可恐}할 만한 최첨단 무기를 보유한 세계 최대의 군사 강국,
전 세계의 경제를 쥐락펴락하는 위력적인 경제 대국,
인권을 감시한다는 명분을 앞세워 개발 국가의 생산업체에 지
나친 간섭을 일삼는 나라."

너무 거친 표현인가? 대충 짐작은 했겠지만 이 나라는 50개의
주(洲 : State)로 이루어진 미합중국이다.
미국이란 나라는 모두冒頭에서 예시한 것들 또는 이런저런 이유
로 세계인의 비난을 받기도 하지만, 우리 대한민국에게는 절대적

인 동맹국이자 우방국이며 때론 보호자의 역할도 하고 있다. '보호자'라는 표현이 다소 굴욕적일 수도 있겠지만 현재 우리가 처해 있는 남북 상황을 감안하면 수긍할 수밖에 없다.

만약 미국이 우리 곁에 없다면 북쪽의 군사적 위협이 현실화될 가능성이 매우 크다. 물론 우리가 상대를 두려워 전전긍긍할 일도 아니다. 우리나라가 보유한 군사력도 북과 당당히 싸워 이길 만큼 현대화되어 있다.

그러나 유사시에 쌍방 간에 안게 될 인적 · 물적 피해액은 상상을 초월한 천문학적인 금액에 이를 것이므로 가능한 군사 충돌은 막아야 한다. 따라서 남북이 평화 통일을 이룰 때까지는 미국의 견제와 역할이 필요할 수밖에 없는 현실이다.

잠깐 지나간 역사를 되돌려 보자. 1945년 2월, 당시 크림반도 얄타(지금의 우크라이나)에 미국, 영국, 소련의 정상들이 모였다. 그때 한국에 대한 신탁통치가 밀약되고 38선 분할이 결정된 계기가 조성된다. 일본의 패망 6개월 전의 일이다.

그 후 같은 해 7월 포스담 선언에서 우리는 남북 분단의 아픔을 받아들일 수밖에 없는 운명을 맞게 된다. 일부 식자는 조국 분단의 계기가 미국의 책임이라고 성토하는데 일견 일리는 있지만 양면성이 있다.

즉, 2차 대전 당시 구소련이 한반도 북쪽에서 군사력을 증강시키면서 일본에 대한 항복 압박을 하는 과정에서 발생한 강대국 간의 타협의 산물이란 게 남북 분단 원인의 지배적 견해다. 그러나 원초적인 동기를 부여한 나라는 당시 우리나라를 불법으로 지배

하고 있던 일본이 아닐까? 일본으로 인해 군사적인 메커니즘이 형성되고 힘의 균형이 타협을 이루어 분단되고 만 것은 아닐지. 물론 필자의 단견인지 모르겠지만……

그 후 1950년 6월 한국전쟁이 발발했을 때, 만약 미국의 적극적인 참전이 없었다면 우리는 지금 북한의 권력 세습 아래 비참한 삶을 살고 있을지도 모른다.

역사란 가정은 할 수 있어도 되돌릴 수는 없다. 당시 보잘것없는 약소국가로서 우리가 할 수 있는 일은 거의 없었다. 강한 바위 틈에 끼여 생존에만 급급할 수밖에 없었던 우리의 처지가 가슴 아플 뿐이다.

어쨌든 국가는 국력이 약하면 버틸 수 없다. 특히 우리나라처럼 강성 대국으로 둘러싸인 경우는 더욱 그렇다. 따라서 한 나라가 기본적으로 갖추어야 할 국력은 반드시 보유해야 살아남을 수 있다. 이러한 국력은 대략 다음 세 가지로 요약될 수 있을 것이다.

첫째: 국민의 단결력
둘째: 국가의 군사력
셋째: 국가의 경제력

여기서 우리가 갖추고 있는 것은 무엇일까? 나는 군사력(세계 6~7위권)과 경제력(세계 10위권 내외)은 어느 정도 갖춰졌다고 믿지만, 국민의 단결력은 최하위권 수준이라는 비관적 견해를 갖고 있다.

단결력은 군사력이나 경제력보다 엄청난 힘의 가치를 갖고 있다. 아무리 국가가 부유하고 군사력이 우월하더라도 단결력이 없으면 이 두 개의 가치는 힘을 쓸 수가 없다. 인구 천만 명에 불과한 이스라엘이 강하게 버틸 수 있는 힘은 국민의 단결력 때문이 아니겠는가?

한편 단결력이 부족하다는 말은 이 나라를 이끌어 가는 강력한 지도자가 없다는 뜻일 수도 있다. 최근 이 나라의 지도자를 뽑는 선거 결과를 보면, 근소한 차이로 정권을 잡는 경우가 많다. 이러다 보니 패자는 승자를 인정하려 들지 않고 사사건건 부딪힌다. 패자를 지지한 유권자가 승자를 인정하려 들지 않는 결과가 초래되는 것이다.

이러한 과정을 분석해 보면, 보수와 진보가 첨예하게 맞선 결과이기도 하다. 민주국가는 어느 나라든지 보수와 진보가 맞서고 있지만, 유독 우리나라에서만 그 정도가 지나치고 극단적이다. 지도자의 정치 이념에 따라 국민들도 편이 갈린다. 좁은 땅덩어리에서 두 분류의 집단이 딴살림을 차리고 있는 것 같다. 어떤 정책이 표면화되면 자신들의 잣대로만 찬성과 반대를 외친다.

긍정적이고 타당한 정책임에도 기꺼이 수용 못하는 여야 정치인들이 있다면, 이것은 지도자의 올바른 자세가 아니고 국가의 미래를 어둡게 만드는 이적 행위를 하는 것이다. 모름지기 위정자들은 무엇이 국가와 민족을 위해 옳은 길인가를 놓고 결정을 내려야 하며 국민들도 편향된 시각을 버리고 정도正道에 서 있어야 한다.

나는 정치학자도 아니고 정책을 제시할 수 있는 능력도 없는 사람이다. 그러나 꼭 자신 있게 말하고 싶은 것이 하나 있다. 그것

노을 위에 쓰는 낙서

은 우리 국민 모두가 일치단결하는 길만이 이 나라를 강하게 만드는 지름길이라는 것이다.

안중근 의사는 살아생전 감옥에서도 오직 민족의 장래만 생각하며 잠을 이루지 못했다고 전해진다.

이 나라의 지도자들이여! 제발 자신의 이익을 버리고 국가와 민족을 위해 무엇을 어떻게 하는 것이 옳은 길인지 고민하고 행동하라! 어떻게 하면 상대를 흠집 내어 굴복시킬 것인가에만 골몰하는 자는 더 이상 지도자로서 자질이 없는 사람이다.

모든 국민을 100% 아우를 수 있는 지도자는 지구상 어느 나라에도 없다. 또한 편향된 정책으로 나라를 이끌어 갈 수 있다고 생각하면 큰 오산이다. 요컨대 훌륭한 지도자는 다수가 수용할 수 있는 정책과 대안을 도출해 내는 능력이 있어야 한다.

가정에서도 가족 간의 의견이 분산되고 화목이 깨어지면 가정으로서의 입지가 상실되고 주위의 신뢰를 잃게 된다. 국가도 마찬가지다. 모든 국민이 단결된 힘을 보여 줄 때, 주변 국가나 강대국들도 함부로 대할 수 없다.

부디 앞으로 보수와 진보를 지혜롭게 아우르는 현명한 지도자가 출현되길 간절히 빌어 본다. 그는 이 나라의 구국자요, 영웅이 될 것이다. 물론 이러한 지도자를 선택하는 일은 우리 국민의 혜안과 현명한 판단으로 가능할 것이다. 우리의 힘으로 해결해야 된다는 뜻이다.

삼고초려

　어느 날 유비는 관우와 장비를 앞세우고 남양南陽에 은거하고 있는 제갈량의 집으로 향했다. 지혜와 총명함으로 명성이 자자한 그를 참모로 영입하기 위해서였다.

　일행은 튼실한 씨암탉에 귀한 약재를 듬뿍 넣고 푹 끓인 백숙을 준비하였다. 제갈량에게 줄 선물인 셈이다.

　마침내 그의 집에 도착한 그들은 백숙을 제갈량 앞에 내려놓고 유비가 조용히 입을 열었다.

　"오늘 결례를 무릅쓰고 귀공을 찾아왔소이다. 저희들과 뜻을 모아 대업을 이루는 데 함께해 주십사 하고 간청합니다. 부디 저희 뜻을 받아 주시지요."

　유비는 진중하고 공손하게 제갈량을 설득했으나 들은 척도 않는다. 게다가 정성들여 끓여 낸 백숙에도 눈길 한 번 주지 않으니 유비 일행의 실망감은 이루 말할 수가 없었다.

첫 번째 방문에서 헛걸음을 치고만 그들은 다음 수를 어떻게 둘지 심각한 고민에 빠졌다. 이번에는 닭의 껍질을 벗겨내고 기름에 튀겨 다시 제갈량의 문을 두드렸다.

그러나 불행히도 결과는 허탕이었다. 거만한 제갈량은 튀김 닭 역시 쳐다볼 생각도 않고 뒷짐을 진 채 먼 산만 바로 보며 애써 외면을 하고 있는 것 아닌가.

실의에 빠진 채 집으로 돌아온 그들은 밤새도록 의논을 나누었다. 대체 무슨 음식을 가져가야 할지……. 결코 포기할 수 없는 일이었기에 마지막 수단이라 생각하고 긴 숙고와 논쟁 끝에 결론을 도출하였다.

이번에는 튼실한 생닭 한 마리를 깨끗이 씻어 주둥이 넓은 옹기그릇에 넣고 보자기로 살짝 덮어 가기로 했다. 그야말로 마지막 시도인 셈이다.

그런데 이번에는 제갈량의 표정이 예사롭지가 않다. 유비의 표정도 한결 밝아 보인다. 장비가 안고 온 옹기그릇을 마루에 놓고 보자기를 들추자, 제갈량은 고개를 끄덕이며 회심의 미소를 짓는 게 아닌가!

제갈량은 자신의 조석朝夕을 챙겨 주는 수족手足을 부르더니 처음으로 입을 열었다.

"삶고 졸여."

"아……!"

유비 일행의 탄성이 터졌다. 마침내 삼고초려三顧草廬가 성공되는 순간이었다. 세 번의 시도 끝에 뜻한 바를 이룬 유비의 일행은 흡족한 마음으로 갈 길을 재촉한다. 제갈량의 사립문을 닫고 큰길로 나올 때, 장비의 넋두리가 허공 속으로 흩어진다.

"아이고, 젠장. 아까운 닭 두 마리⋯⋯."

노을 위에 쓰는 낙서

노인의
지혜

    강원도 어느 시골 마을에 삼 형제를 둔 여든을 훌쩍 넘긴 노인이 있었다. 나이가 나이 인지라 노환이 겹쳐지고 마침내 병세가 악화 되자, 자식들을 불러 모았다.

    "너희들도 알다시피 내게 남은 재산이라곤 소 17마리밖에 없구나."

    노인은 잠깐 숨을 고른 후 다시 입을 열었다.

    "그러니 소를 갖고 싸우지들 말고 내가 시키는 대로 나누어 갖고 사이좋게 지내거라! 우선 큰아이, 너는 장남이니 17마리 중에 반, 즉 2분의 1을 갖고, 둘째는 3분의 1, 막내는 9분의 1을 갖도록 하여라."

    아버지의 유언을 들은 삼 형제는 축 늘어진 노부老父의 손을 잡고 오열을 한다. 분위기가 숙연해지고 잠깐 침묵이 흐른 후, 노인이 말을 이었다.

"슬퍼할 것 없다. 누구나 나이가 들면 이승을 뜨는 게 세상의 이 치거늘 괜히 소란을 떨 필요가 없느니라. 이제 나도 기꺼이 눈을 감을 수 있으니 너희들도 흔들리지 말거라."

숨이 가쁜지, 노인의 말이 자주 끊어진다.

"그런데 소를 나누어 가질 때 소를 죽이거나 훼손시켜서는 안 될 일이야. 명심하거라."

마침내 이 말을 끝으로 노인은 숨을 거두고 말았다. 그런데 삼 형제는 난감할 수밖에 없는 문제에 봉착했다. 왜냐하면 장남의 경우 소 17마리의 반은 8마리와 반마리가 되는데 아버지의 유언 은 소를 절대 훼손해서는 안 된다고 했으니 답답할 노릇이 아닌 가. 둘째, 막내도 마찬가지로 아무리 머리를 맞대고 의논을 해 봤 지만 해결책이 나오지 않았다.

결국 삼 형제는 동네에서 지혜가 많기로 명성이 높은 박 노인을 찾아 해법을 구하기로 했다. 자초지종 사정을 들은 노인은 담배 에 불을 붙이고 긴 숙고에 들어갔다.

얼마 후 "어흠" 하고 헛기침을 하더니 입을 열었다. 그리고 장 남의 어깨를 두드리며,

"그래, 잘 알았네. 내가 내일 아침 일찍 자네 집으로 갈 테니 소 17마리를 모아 놓고 기다리게나."

"네, 어르신 그렇게 하겠습니다."

이튿날 아침, 약속대로 박 노인은 삼 형제 앞에 나타났다. 그런 데 이게 무슨 일이람! 그는 자신의 소 한 마리를 몰고 들어오더니 외양간 한편에 고삐를 묶는다.

노을 위에 쓰는 낙서

"어흠!"

하고 헛기침을 한번 하더니

"자, 모두들 내 앞에 서거라."

한다.

"우선 내가 자네들한테 소 한 마리를 빌려주마. 그러면 소가 모두 몇 마리인고?"

하고 장남을 쳐다본다.

큰아들은 노인의 생뚱맞은 행동이 이해가 되지 않지만,

"예! 18마리가 됩니다. 어르신!"

하고 마뜩잖게 대답을 하자 노인은 다시 말을 잇는다.

"그럼, 그렇지. 자! 지금부터 자네 선친 유언대로 소를 배분하마. 18마리소를 반으로 나누면 9마리 아닌가. 장남은 9마리를 몰고 외양간 안으로 몰고 가게."

큰아들은 노인의 계산이 이론적으로는 맞지만 무언가 찜찜한 표정이다.

"다음은 둘째 차례구나. 이제 소는 몇 마리가 남았더냐?"

하고 둘째에게 묻는다.

"예, 이제 9마리가 남았습죠. 어르신."

"그래, 맞구나. 둘째 자네 몫은 18마리의 3분의 1이니까 6마리를 챙겨 놓거라."

"예, 어르신."

마침내 막내 차례.

"자네는 좀 서운하겠구먼. 그러나 선친의 뜻이 그러하니 너무 괘념치 말게. 자네 몫은 18마리의 9분의 1이니 2마리를 챙기면 되겠구나."

"예! 어르신."

마침내 노인의 셈법은 끝이 났다. 그리고 최종적으로 정리를 한다.

"자, 모두들 듣게나, 큰아들이 9마리, 둘째가 6마리, 막내가 2마리 도합 17마리다. 자네 선친이 남긴 17마리의 소가 당신의 뜻대로 분배가 되었으니 제대로 해결된 것이네. 혹시 내게 물어볼 말은 있는가?"

하고 삼형제를 두루 살핀다. 그러나 그들은 아직도 뭔가 찜찜한 기분이다. 노인이 다시 입을 열었다.

"이 소는 자네들도 알다시피 아침에 내가 몰고 온 것이니 도로 가져가겠네."

하고 자신이 몰고 온 소 1마리를 이끌고 사립문을 나선다.

그제야 뭔가 확신을 얻은 듯 삼 형제는 길을 나서는 노인 앞을 막아섰다. 큰아들이 말문을 열었다.

"어르신, 정말 고맙습니다. 저희 들이 익히 들은 대로 정말 지혜로우십니다. 부디 살펴 가십시오."

"오냐! 너희 삼 형제끼리 다투지 말고 사이좋게 잘 지내렴. 그것이 자네 선친께서도 바라는 바일 걸세."

삼 형제는 길을 나서는 노인에게 연신 허리를 굽히며 공손히 그를 배웅하였다.

솔로몬의 지혜를 능가할 명판결이라 해도 지나치지 않을 명쾌한 해법을 남긴 채 노인은 유유히 사라졌다. 그런데 끝까지 남는

노을 위에 쓰는 낙서

의문이 하나 있다.

눈을 감은 삼형제의 부친은 대체 어떤 방식으로 유산분배를 하려고 마음먹었던 것일까? 그가 내린 지침으로는 도저히 해법이 없지 않았던가.

추측컨대 삼형제가 살아가는 동안 어려운 문제가 생기면 사이좋게 의논하여 방법을 찾고, 만약 여의치 못할 때는 주위의 어른들께 조언을 구하면서 해결책을 찾으라는 깊은 뜻이 숨어 있지 않나 싶다.

길 잃은
공복公僕들

『논어』의 「술이述而」편에 이런 구절이 있다.

반소사 음수飯疏食 飲水

곡굉이 침지曲肱而 枕之

낙역재기중의樂亦在其中矣

불의이 부차귀不義而 富且貴

어아여 부운於我如 浮雲

　풀이하면 이렇다.

나물 먹고 물 마시고

팔베개하고 누워도

기쁨이 그곳에 있다

옳지 않게 얻은 부귀는
내게는 뜬구름과 같다

군이 이렇게 어려운 글귀를 꺼내 들어 한자 문화에 서투른 젊은 이들에겐 미안하다. 그러나 공자께서 떠난 지 수천 년이 지난 지금도 이러한 명귀名句가 아직까지도 회자되고 있는 이유를 말하고 싶다. 공자께서는 우리 같은 서민들에겐 무욕無慾을 가르쳤고 고위공직자들이나 위정자들에겐 그들이 갖추어야 할 덕목德目과 청렴한 선비 정신을 제시하였다.

수년 전 입적入寂하신 법정 스님은 무소유의 정신을 통한 삶의 길을 설파하였지만, 공자의 무욕사상과는 또 다른 개념으로 보인다.

이런 화두를 꺼낸 이유가 있다. 지금 이 나라 정치판이나 공직들, 소위 공복公僕 사이에 벌어지는 현실이 하도 안타까워서이다. 국가의 녹을 먹고사는 공복들의 탐욕에서 비롯된 일탈 행위가 하루가 멀다 하고 세정世井에 오르내리고 있다.

정기 국회의 폐회를 앞둔 의원들의 볼썽사나운 모습도 우리의 가슴을 멍들게 하고 있다. 의원들은 정기 국회 일정을 마감하면 얼마간의 휴회에 들어간다. 그럼 이때 그들은 무엇을 해야 할까?

비록 휴회 기간이지만 그들은 정해진 세비와 특권을 꼬박꼬박 챙긴다. 그런데 정기 국회가 끝나기 직전 그들은 과연 무엇을 하고 있었을까?

아직 회의가 진행되고 있음에도 20~30명을 제외한 나머지 의원들은 끼리끼리 모여 소위 일컫는 '쫑파티'를 벌였다는 보도를 접하고 그들이 아직도 정신을 차리지 못하고 있음을 통감하였다.

지방 곳곳에서 공수해 온 산해진미를 차려 놓고 흥겨운 잔치를 벌이는 부류도 있었고 유명 음식점에 눌러앉아 술판을 즐기는 무리들도 있었다고 한다.

물론 정치인이나 고위공직자들이라고 집단 파티를 벌이지 말라는 법은 없다. 또 나물 먹고 물 마시며 검소하게 살아가라는 말은 더더욱 아니다. 그저 유종의 미를 거두어야 할 마지막 회의가 끝나기도 전에 술판을 벌이는 그들의 머릿속에는 대체 무슨 생각이 들어 있을지 궁금할 따름이다.

정기 국회가 끝나는 날, 그들이 가야 할 곳은 따로 있다. 아니, 그다음 날이라도 자신들을 지지해 주고 뽑아 준 지역구민을 찾아 고개 숙여야 했다.

"그동안 나름 열심히 했지만 잘못한 것도 많았다. 앞으로는 지역과 나라를 위해 더 성실하게 노력하겠으니 격려를 부탁드린다."

며 용서를 빌어야 했다. 그곳에서 주민들과 막걸리 잔이라도 기울이며 담소를 나누고 소통의 기회를 가졌다면 그들은 다음 선거에서도 어렵지 않게 선택받을 수 있을 것이다.

지금 어려운 국가 경제와 고달프게 살고 있는 소외 계층은 외면한 채 패거리를 이루어 술판을 벌이는 그들이 국민의 대표가 될 자격이 있는 사람들일까?

선거철만 되면 찾아와 특권을 내려놓겠다, 무노동 무임금의 원칙을 실행에 옮기겠다, 그대들을 주인으로 섬기겠다는 등 온갖 감언이설을 늘어놓고는 선거만 끝나면 나 몰라라 하는 정치인들. 과연 우리는 그들에게서 어떤 희망을 볼 수 있을까? 어떻게 하면 더 많은 권력과 잇속을 챙길 수 있을지, 패거리를 이루어 정적들을 음해할 계략을 꾸미는 정객政客들을 보면 분노만 쌓인다.

　경제가 아무리 어려워도 꼬박꼬박 챙기는 세비와 부수적인 특권은 그들만을 위한 성역이다. 그들이 받는 세비에는 소득세도 없는 걸로 알고 있다. 또한 의원직이 유지되면 무려 200가지가 넘는 특권이 부여되고 7명의 유급 식솔까지 붙여 준다. 이 세계 어느 나라에도 이런 특혜를 받는 의원은 없다고 들었다.

　게다가 65세가 넘는 전직 의원들에게 재산이나 소득 규모에 관계없이 지급되는 괴상한 연금제도는 또 무엇인가? 아마도 이런 기상천외한 초특권 때문에 죽기 살기로 국회 입성을 노리는 정치 지망생들의 탐욕은 끝이 없는 것으로 보인다.

　그들도 사람인 이상 뜻을 같이하는 동료들과 회식을 하거나 유흥에 젖을 수 있다. 그러나 그것은 때와 장소를 가려서 해야 한다. 특히나 옛날과 달리 매스컴이나 통신 수단이 고도화되어 그들의 일거수일투족이 쉬이 노출되므로 매사 신중한 행보를 해야 한다. 설사 그들의 행보가 드러나지 않더라도 나라와 민족을 위한 사명감에 몰두하는 것이 자신의 임무요, 조국에 대한 보답이다.

　국민들로부터 선택된 공직자는 나름대로 부와 권력이 보장된다. 보장된 특권에 걸맞게 자신들의 임무를 수행한다면 굳이 그들의 특혜에 시비를 걸 생각은 없다. 그러나 임무는 소홀하고 권리만 찾는 것은 직무유기이며 나라에 죄를 짓는 일이다.

　정치인이나 공직들의 불법적인 금품수수나 특권 남용의 사례도 심심찮게 들린다. 그들은 명백한 증거가 있음에도 발뺌을 하고 모르는 일이라고 변명만 늘어놓는다.

우리 같은 힘없는 서민들은 경미한 범죄에 걸려들면 철저한 조사 끝에 재빠른 판결이 내려진다. 그러나 그들의 범죄 혐의는 조사 속도도 늦게 진행될 뿐만 아니라, 온갖 구실을 붙여 수사를 방해하는 사례도 허다하다.

명백한 범법 행위가 있음에도 흔히 말하는 확정 판결까지 무죄추정의 원칙이라는 법에 의해 공직은 보장되고, 그에 상응하는 보수 또한 유지된다. 심지어 구속 수감된 상태에서도 세비가 지급되고 특권이 유지되는 의원들의 사례를 보면 숨통이 막힌다. 구속이 되면 일단 세비 지급을 중단하고 확정 판결 시 무죄가 인정되면 보수를 지급해도 될 일 아닌가. 인권과 증거도 중요하지만 보다 중요한 것은 염치와 양심이 아닐까?

"아! 저분이야말로 진정 나라와 민족을 위해 자신을 희생하는 훌륭한 지도자야!"

이러한 칭송을 받는 위대한 영혼은 우리 주위에서는 영영 볼 수 없는 것일까?

탐욕과 권력에만 몰두하는 어리석은 영혼들이여! 이제 몽매蒙昧에서 좀 깨어나시라. 정의롭게 얻지 못한 부귀는 뜬구름과 같다는 공자의 말씀을 다시 한 번 상기하고 부디 그들이 바른 길을 찾아 삶에 지친 민초들을 잘 보살펴 주길 간절히 바랄 뿐이다.

잘못된 표현, 넘쳐나는 존대어

어느 날 나는 한쪽 눈이 침침하여 안과에 들렀다. 접수를 하고 의자에 앉아 차례를 기다리고 있는데, 간호사가 나를 부른다.

"○○○님, 진료실로 들어가실게요."

한다.

아니, 이게 무슨 말인가? 물론 나더러 진료실에 들어가라는 말이겠지만 분명 이것은 잘못된 표현이다. 이 표현에는 들어가는 주체에 1인칭과 2인칭이 공존한다. 간호사가 들어가겠다는 뜻인지, 환자보고 들어가라는 것인지 헷갈리는 말이다. "○○○님, 진료실로 들어가세요." 하면 될 것을 왜 이렇게 어려운 표현을 하는지 답답하다.

진료실에 들어가 의사 앞에 앉았다. 이런저런 기구들로 검안을 마친 의사가 입을 열었다.

"백내장이십니다. 시술을 하셔야 될 것 같습니다."

기가 막힌 설명에 나는 어안이 벙벙했다. 그의 말 속에는 존대어가 넘치고 있다. 사람이 아닌 사물이나 시간에는 높임말을 쓸 수가 없다. 또한, 시술을 하는 사람은 의사이기 때문에 본인한테 존대말을 쓰는 것은 옳지 않다.

전문 분야이긴 하지만 오랜 기간 동안 대학에서 학업을 연마한 의사가 우리말을 제대로 구사하지 못하는 게 안타깝다. 시술을 받아야 된다고 하니 걱정도 되고 생각도 정리할 시간이 필요해 결정을 미룬 채 일단 치료실에서 나왔다.

"○○○님, 오늘 진료비는 8,000원이십니다."

라는 수납원의 말에 기가 막혀 말없이 계산을 하고 병원을 빠져 나왔다. 돈에도 존대어를 쓰고 있는 것이다.

옷가게나 백화점에서도 이런 사례를 흔하게 듣게 된다.

"고객님, 오늘 전 품목 20% 세일이시고요, 이 상품은 세일해서 80,000원이십니다."

고객에게 예의를 표하고 친절하게 대하는 것은 천 번 만 번 옳은 일이다. 그러나 아무리 그것이 중요하더라도 문법의 근간을 흔드는 말은 삼가야 한다.

일본어나 영어에도 상대를 존중하는 어법과 표현은 있다. 일본어의 경우 "오"나 "고"를 붙여 존대어로 사용하고, 영어의 경우에도 특정 동사를 써서 상대를 존중하는 표현을 쓴다. 그러나 앞에서 예를 든 제시어와는 본질적으로 다른 어법이다.

어느 날 식사시간을 놓쳐 패스트푸드 가게에 들른 일이 있었다. 주문 번호표를 받아 들고 기다리고 있는데

"○○번 손님, 커피와 햄버거 나오셨습니다."

하는 종업원 말에 어안이 벙벙했던 기억이 있었다. 누군가가 바르게 잡아 주어야 할 대목이다.

겸손이 지나쳐 굴욕적인 표현을 하는 경우도 종종 있다. 방송에 출연한 저명한 인사들이 우리나라를 '저희 나라'로 말하는 사례도 있었다. '저희 나라'로 말하는 것은 겸손이 아니라 자신의 국가에 대한 모독일 수도 있다. 나라의 존엄에 대한 문제이므로 바르게 적고 말해야 한다.

또한 '가르치다'와 '가리키다'에 대한 차이를 혼돈하여 말하는 석학들이 있음을 보고, 우리나라의 국어 교육에 대한 회의감이 들 때도 있다. 한편 수식을 받아야 할 명사가 형용사나 부사로 잘못 사용되는 일이 많아 주의가 요구된다. 어찌 보면 유행처럼 쓰이는 것 같다.

"나는 이게 완전 좋아!"

"아! 완전 맛있어."

영화나 드라마에서는 등장인물들의 다양성 때문에 잘못 쓰는 어법을 나무랄 수는 없지만, 공영방송의 교양이나 대담 프로그램에서 저명인사들이 "완전 좋아요." 할 때 정말 기가 막힌다. 명사가 형용사나 부사 역할을 하는 어법이 대체 어디서 나온 것일까? 이러한 어법이 초등학생에서부터 대학생은 물론 직장인까지 아무런 느낌 없이 쓰이고 있으니 정말 통탄할 일이다.

이상과 같은 잘못된 표현과 존대어 남용은 끊임없는 홍보를 통해 바르게 고쳐 나가야 한다. 하루 종일 시청자를 만나는 방송매체들의 역할이 더욱 무거워졌다.

이대로는
안 돼요

1960년대 초로 기억된다. 당시 우리나라에는 도덕 재무장 운동, 이른바 MRAMorale rearment가 서서히 태동되고 있었다. MRA는 1921년 미국의 종교가인 '부크먼'이 제창한 것으로, 기독교 정신을 바탕으로 도덕의 재무장을 통하여 세계 평화를 수립하자는 운동이었다 한다.

그러나 당시 우리나라의 이 운동은 '부크먼'처럼 그렇게 거창한 목표보다는 우리의 일상에서 인간이 지켜야 할 기본적인 준법정신을 갖추자는 일종의 계몽운동의 성격이었다.

일제 강점기를 거쳐 해방이 되고 뒤이어 6·25 전쟁이라는 엄청난 시련을 겪는 동안 우리 국민의 심신은 처참해졌다. 정신과 육체가 황폐해지고 고단한 삶마저 일상화되다 보니 사회 질서도 자리 잡지 못했을 뿐 아니라 준법정신을 들먹이는 일은 시기상조였을지도 모른다. 먹고 살기에도 빡빡한 형편이었기에……. 따라서

노을 위에 쓰는 낙서

당시 지도자들이 이러한 운동을 전개한 것은 천만다행한 일이었고 옳은 방향이었다.

당시 10대 소년이었던 필자의 기억으로는 대략 다음과 같은 표어들이 전신주나 건물 벽에 붙어 있었다.

"당신은 왼쪽으로 걸어가고 있습니까?"(우측 보행을 권장한 것은 최근의 일이다.)

"사람은 왼쪽 우마차牛馬車는 오른쪽."

"거리에 가래침을 뱉지 맙시다."

"차례차례 줄을 서서 질서를 지킵시다."

대충 이런 정도의 표어들인데 지금 생각하면 아주 미미한 수준이다.

"휴지나 쓰레기를 함부로 버리지 말자."

이런 구호는 있었냐고 묻는다면 웃음이 나온다. 왜냐하면 당시 우리는 물자가 너무나 부족한 상태였기에 이런 구호는 오히려 사치였을지 모른다.

그 후 반세기의 세월이 흘러 우리나라는 자랑스럽게도 세계 10위권의 경제 국가로 발돋움하였다. 투철한 애국심과 국민들의 근면함의 결실이 이른바 한강의 기적을 일구어 낸 것이다.

그런데 이러한 눈부신 경제 성장에 걸맞게 우리 국민의 의식 수준과 준법정신도 상향 발전되었는가? 유감스럽게 그렇지 못한 게 현실이다. 여러 가지 정황들을 우리 주위에서 찾아보자.

이른 아침 동네에 있는 어린이 놀이터나 근린공원에 가 본 적이 있는 사람들이라면 놀라운 광경을 목격할 수 있을 것이다.

공원 내 벤치 주변은 말할 것도 없고 간이 시설물 주위에는 온갖 잡동사니들이 거침없이 널브러져 있다. 음료수 병, 깨어진 술병, 담배꽁초, 과자봉지, 심지어 먹다 버린 떡볶이 컵 등등 그야말로 이런 난장판이 어디 있을까?

또한 이면도로 양쪽에도 사정은 마찬가지다. 특히 올림픽 공원 같은 큰 공원에는 야회 공연이 끝난 다음 날에는 그야말로 쓰레기와의 전쟁이 벌어진다.

더욱 한심한 일은 공원 내의 금연 정책이 철저히 유린당하고 있다는 것이다. 야외 공연 시 젊은 가수들을 보고 열광하는 20대 전후의 관람객들, 그들도 이곳이 금연 구역임을 알고 있다. 그런데 그들 중 한 사람이 담배를 피우면 나머지 사람들도 슬금슬금 눈치를 보다가 덩달아 담배에 불을 붙인다. 심리학에서 말하는 행동감염 현상이다. 교차로에서 흔히 볼 수 있는 소위 자동차 꼬리 물기와 같은 연쇄 행동이다.

금연구역에서 흡연은 10만 원의 과태료를 물어야 한다는 팻말이 곳곳에 보이지만, 그들의 눈에는 무시되고 있는 것이다. 대체 그들은 어느 나라 사람인가? 앞으로 이 나라를 이끌어 가야 할 청춘들의 이러한 모습에서 무슨 희망을 기대할 수 있을지. 그들이 버리는 것은 담배꽁초만 아니다. 음료수병, 휴지, 먹거리 등등이 산더미를 이루어 트럭에 실리는 광경이 수시로 목격된다.

문화 예술을 즐기는 것은 시민의 권리이며 우리의 정서를 풍요롭게 하는 방편이기도 하다. 그러나 문화인으로서의 걸맞는 준법

노을 위에 쓰는 낙서

정신도 필수적이다. 유명 연예인을 만나는 것은 중요하고 질서를 어기는 것은 하찮은 일은 아닐진대 그들의 무감각한 일탈이 원망스럽다.

빼어난 용모에 비싼 의상을 걸친다고 멋과 지성을 갖는 것은 아니다. 그들의 내면에 도덕과 양심이 없다면 하잘것없는 콩깍지에 지나지 않을 것이다.

길거리에서도 몰상식한 시민들의 일탈 행위는 끝이 없다. 어른이나 학생들이 가래침을 함부로 뱉는가 하면, 신호등을 무시한 채 횡단보도를 뛰어다닌다.

버스나 지하철 내의 사정도 가관이다. 주위 사람은 아랑곳하지 않고 큰소리로 통화하는 승객들, 흉기 같은 뾰족한 하이힐을 치켜세운 채 다리 꼬기를 하고 있는 젊은 여인들, 자리를 넓게 잡고 독불장군처럼 버티고 있는 소위 '쩍벌남'들……. 1인당 국민소득이 4만 달러가 된들 무슨 자랑거리가 될 수 있겠는가.

지적하고 싶은 위법 사례가 또 있다. 사람이 감내하기 힘든 굉음轟音을 울리면서 도로 위를 질주하는 불법으로 개조된 차량과 오토바이를 보면 아찔하다. 이들을 단속해야 할 경찰들은 도대체 어디서 무엇을 하고 있는지 궁금하다.

범죄를 예방하고 기본적인 질서 유지에 전념해야 할 경찰들이 간혹 시위 현장에 수천 명씩 동원되는 것을 볼 수 있다. 노동자들의 불법 시위 현장이나 불법적인 정치 집회 등등에 인력이 집중되다 보니 정작 경찰의 본연의 의무가 소홀해지는 것 아닌가 하는 의구심이 든다.

이 나라가 바로 서고 선진국 대열에 합류하기 위해서는 지금 누군가 나서야 한다. 매스컴의 홍보도 필요한 역할 가운데 하나다. 그러나 무엇보다 중요한 것은 우리 국민들의 자각과 자성이다. 스스로 깨우쳐 스스로 해결해 나가야만 이 나라 대한민국이 모범적인 선진 대열에 합류할 수 있을 것이다. 도덕 재무장 운동이 다시 한 번 더 온 누리에 퍼져 나가길 기대한다.

노을 위에 쓰는 낙서

너무
이기적인
마당발

    우리는 주위에서 흔히 "저 사람은 마당발이야." 하는 소리를 종종 듣곤 한다. 잘 알다시피 마당발이란 인간 교류의 관계가 넓어 폭넓게 활동하는 사람을 일컫는다. 대체로 마당발은 어느 정도의 재력과 지위(혹은 인지도)를 겸비하고 있다.

    그런데 이들 중에는 오직 자신의 이익만 추구하기 위한 마당발이 있는 것도 사실이다. 그들은 정치인, 기업가, 유명 연예인 등과 폭넓은 인간관계를 구축해 놓고 때로는 으스대기도 하고 자신의 자존감을 은근히 과시하기도 한다. 한마디로 호가호위를 앞세워 자신을 드러내는 사람들이다.

    물론 모든 마당발을 부정적으로 평가하여 폄하할 생각은 없다. 사리사욕을 버리고 공익을 위해 동분서주하는 마당발은 존경의 가치가 충분히 있다.

    어떤 정치인이 뛰어난 마당발이라면 그는 훌륭한 무기를 가졌다고 볼 수 있다. 각 정파 간에 얽힌 난제들이 있을 때, 그의 역할은 지대하다. 평소 쌓인 친분을 활용하여 적절한 소통과 조정을 거쳐 막혔던 정국을 풀 수 있다. 이러한 역할은 국익에도 도움이 될 뿐 아니라 사회 안정에도 기여를 한다.

이러한 마당발은 정치력 있는 인물로 평가받고, 또한 그의 입지도 탄탄해질 수 있을 것이다. 또한 다양한 인맥을 가진 외교관이나 최고 경영자 등도 위기에 몰린 외교 문제나 해당 기업을 구하기 위해 중요한 역할을 한다면 그들의 업적 또한 높이 평가받을 수 있을 것이다.

그러나 우리 주변에는 오직 자신의 이익과 입지만을 위해 기를 쓰는 마당발이 많이 보인다. 오직 유명 인사들에게만 줄을 대고 싶어 안달하는 사람들인데, 숫제 그런 생활을 즐기는 것 같기도 하다.

분명 그들에게도 불우하거나 고단한 삶을 이어 가는 지인들이 있을 터인데도 아예 그쪽은 차단해 버린다. 그들이 부리는 허세는 정말 기가 막힌다. 예를 들어 사석에서 유명 정치인 이야기가 나오면, "아! 저 양반은 내 친구야." 하고 스스럼없이 말한다. 그래서 "어떻게 아는 친구야?" 하고 물으면, "응, 나와 같은 학교 다녔지." 하고 어물쩍 넘어가 버린다.

유명 기업가의 성공스토리가 나오면, "저 사람 나도 잘 알고 있지." 하고 말한다. "어떻게?" 하고 물으면, "아! 내 친구의 친한 친구야. 얼마 전 한 번 봤지." 하고 얼버무린다.

또 인기 연예인이 화제에 오르면, "쟤도 내가 잘 알아." 하고 말

노을 위에 쓰는 낙서

하는 사람도 있다. "어떻게 알았어?" 하고 물으면, "응, 나와 동년배이고 고향도 같아." 하고 능청을 떤다.

만약, 그의 지인이던 유명인사가 비리나 범죄에 연루되어 언론의 입방아에 오르내린다면, "저 사람 내 친구야." 하고 말할 수 있을까?

자신의 얇은 인지도와 재력으로 유명인사들 접촉하는 사람들에게서 우리는 그의 진실을 찾을 수 있을지 의심스럽다. 주위에 잘 나가는 사람이 있다고 자신도 잘난 사람이 될 수 있다고 착각하는 것은 아닌지?

인간은 태어날 때부터 이기적일 수밖에 없는 본능적 한계가 있다고 본다. 그러나 사회생활에서 자신의 이익에만 집착하면 자신에게 오는 이익만큼 타인에게 손해를 끼치는 등식이 성립한다.

물론 치열한 생존 경쟁에서 살아남기 위해서는 자신의 이익이 우선이기는 하다. 그러나 우리는 이성과 양식을 가진 인간이기에 이것을 잘 조절해야 한다.

오래전의 일이다. 모 방송국의 유명 방송인이 쓴 글을 읽고 감명을 받은 적이 있다.

그에게는 어릴 적부터 우정을 나눠 온 죽마고우가 있었는데, 불행히도 그 친구는 하반신이 불편한 장애우였다 한다. 그 방송인은 비번일 날에는 만사를 제쳐 놓고 친구와 목욕탕에 가서 등을 밀어 주기도 하고 은행이나 관공서에서 개인 업무를 돌봐주었다는 감명 깊은 이야기였다.

당시 그의 선행에 감동받으며 이 사회에 밝은 심성을 가진 아름다운 영혼이 있음에 가슴이 따뜻해짐을 느꼈던 기억이 아직도 생생하다. 그 방송인은 이미 은퇴를 했겠지만 아마도 지금도 그 친구와 함께 우정을 나누고 있을 것이다.

이에 반해 이기적인 마당발은 자신의 한계를 전혀 파악하지 못하고 있을 것이다. 자신의 명예와 인지도를 유지하기 위해 자신이 하는 일은 떳떳하다고 여길지 모른다. 그들은 비교적 재력이 탄탄하지만 어려운 이웃에게는 관심이 없고 타깃으로 한 인사들에게만 선물공세를 하고 비싼 음식을 대접한다.

그러한 수혜를 입는 자들도 대개 한통속으로 희희낙락하며 동심원同心圓의 세계에서 어울린다. 속된 말로 끼리끼리 노는 것이다. 그런데 문제는 그 이기적인 마당발이 곤경에 처하면 그동안 함께했던 무리들은 소리 없이 사라진다는 점이다. 왜 그럴까?

그것은 그들이 지금까지 살아온 과정 속에 진실이 없었기 때문이다. 그들의 세계에는 허욕과 가식만 있었을 뿐 참된 믿음이 없었기 때문이다. 주위에 저명인사를 지인으로 두면 언제 닥쳐올지도 모르는 위험에 보험을 드는 것이라고 말하는 사람이 너무 많아 이런 이야기를 늘어놓았다.

그러나 분명히 말하고 싶은 생활신조가 나에게 하나 있다. 평소 곧은 심성으로 바르게 살고 욕심을 줄이면 권력의 도움을 받을 일이 아예 없다는 것이다.

그러나 사실 이런 마음가짐을 유지하기는 쉬운 일이 아니다. 왜냐하면 우리 주변 곳곳에는 수많은 유혹의 손길이 뻗쳐 있기 때문이다. 하지만 우리 인간은 이성이 있기에 이런 유혹과 싸워 이겨야 한다. 그래야만 이 사회가 조금씩 맑아질 수 있다.

우리 주변에 어렵게 살아가는 이웃이나 나약한 자들을 돌보는 소리 없는 마당발이 늘어나길 진심으로 기대한다.

넘쳐나는
음식들

이 나라에 정말 부끄러운 통계가 하나 있다. 매스컴을 통해 익히 알고 있는 일지지만, 우리나라에서 쓰레기로 버려지는 음식의 양을 돈으로 환산하면 연간 약 30조 원에 달한다고 한다.

말이 쉬워 30조 원이지, 이게 얼마나 많은 돈인지 실감이 가지 않는 사람도 많을 것이다. 2016년 우리나라 국방비 예산이 약 38조 원이라 하니, 30조 원의 크기가 상상이 될 수 있을 것이다. 더욱 실감 나는 비교를 해 보면 북한의 국민총소득이G.D.I 약 30조 원(2015년 기준) 정도라니 우리가 버리는 음식의 양이 얼마나 많은지 감이 잡힐 것이다.

적절한 예를 하나 더 들어 보자. 북한 주민의 연간 식비를 크게 잡아 약 15조 원으로 추산한다면 2,500만 주민들이 2년 동안 먹을 수 있는 금액이 남한에서 1년 동안 음식 쓰레기로 사라진다는 계산이다. 이것은 누구의 탓을 하기 이전에, 식량난에 허덕이는 북

노을 위에 쓰는 낙서

한 동포에게 우리가 죄를 짓고 있는 것이다.

누구나 경험해 보는 일이지만, 지인들의 결혼식에 참석하면 주로 뷔페에서 식사를 대접받는다. 그런데 그곳에 준비되어 있는 음식의 종류와 양을 보면 입이 벌어진다.

우리나라가 언제부터 이렇게 잘 먹고 잘 살았나 싶을 정도로 엄청난 음식이 하객들을 맞는다. 그것도 한식을 비롯하여 양식, 중식, 일식은 기본이고 베트남, 태국 심지어는 중동음식까지 준비된 곳도 있고 거기에다 온갖 음료수와 빵, 과자, 과일까지 제공되고 있으니 가히 음식 천국과 다를 바 없다.

얼마 전 모 종편 방송에 출연한 탈북 여성의 경험담을 들은 적이 있다. 그녀가 남한에 정착한 지 얼마 지나지 않은 어느 날, 지인과 함께 뷔페에 갔다고 한다. 태어나서 처음으로 간 뷔페라 주변 사람들의 눈치를 볼 수밖에 없었다. 일단 접시에 음식을 적당히 채워 요기를 끝내고 앉아 주위를 살펴보니, 다른 사람들은 수차례 오가며 계속 음식을 먹더라는 것.

사실 자신은 더 먹고 싶은데 식사비용이 두려워 자제하고 있었다는 것이다. 그러다 뒤늦게 지인의 설명을 듣고 양껏 배를 채웠다는 이야기였다. 그야말로 북한의 실정과는 비교가 안 되는 남한의 식생활을 목격한 셈이었다.

인간은 적절한 섭생을 해야 생활할 수 있다. 그러나 무분별한 과식은 건강에도 해로울 뿐 아니라 사회적 손실도 만만찮다.

옛날 우리 조상들은 소위 보릿고개라 하여 보리가 익을 때쯤이면 식량이 다 떨어져 아직 익지도 않은 풋이삭을 훑어 끼니를 때

우곤 했었다. 그 음식은 밥도 아니고 죽도 아닌 그저 배를 채우기 위한 보잘것없는 풀죽에 지나지 않았다.

필자의 세대들도 어릴 적엔 찬물에 보리밥 말아 깍두기 한 조각으로 입다짐하는 초라한 밥상을 경험하였다. 중학교 시절이던가? 수업을 끝내고 집으로 돌아와서는 시커먼 보리밥에 고추장 한 숟갈 넣고 쓱쓱 비벼 먹던 기억이 아직도 생생하다.

또한 밖에서 놀다가 허기가 지면 논둑에 야생하고 있는 돼지감자(뚱딴지, Canada potato)를 뽑아 쓱쓱 문질러 씹어 먹던 기억도 가물거린다. 지금은 이 뚱딴지가 건강식품으로 각광을 받고 있다 하니 참 아이러니한 대목이다. 이 구황식물이 당뇨에 좋고 다이어트에도 도움이 된다는 연구 결과도 나와 있다고 한다.

농부들은 점심 요기로 막걸리 한 사발에 잔치국수 둘둘 말아 한 입 채우고 논둑에 드러누워 고단함을 달래곤 했었다.

그 후 세월은 흘러 우리의 형편은 눈에 띄게 나아졌다. 그러나 우리나라 식당 특히 뷔페의 실상은 너무 지나친 게 아닌가 싶다. 물론 취향이 다른 고객들에게 다양한 음식을 제공하는 것은 그들의 영업 전략이며 고맙기는 하다. 하지만 그날의 식사 일정이 끝나면 남겨진 많은 음식들은 어떻게 처리될까?

아마도 보관이 가능한 일부 음식은 냉장 처리하겠지만, 대부분은 쓰레기로 버려질 것이 뻔하다. 이것은 국가적으로도 손실이요, 식당 측에서도 비용은 증가되고 이윤은 감소된다. 만약 식당 운영자가 음식의 양과 종류를 줄이고 질을 향상시킨다면 고객들도 더 좋은 맛과 착한 가격으로 식사를 즐길 수 있지 않을까?

비단 뷔페뿐 아니라 일반 음식점이나 가정식단에서도 사정은

노을 위에 쓰는 낙서

마찬가지다. 사실 음식 쓰레기 문제는 수년 전부터 거론되어 온 과제였지만 아직까지도 개선의 기미가 보이지 않고 있다.

가까운 이웃 나라 일본인들의 식사 장면을 본 일이 있다면 아마 부끄러움을 느꼈을 것이다. 그들은 소량으로 식사를 즐긴다. 밥뿐만 아니라, 반찬도 서너 젓가락의 양으로 만족하는 검소함을 지키고 있다.

우리나라 민족만큼 음식 인심 좋은 곳은 없다. 흔히 곳간에서 인심 난다 하여 양이 적으면 쩨쩨하고 손이 작다고 흉을 보는 일도 있다 보니 듬뿍듬뿍 주는 것을 미덕으로 생각한다. 워낙 가난한 시절이 있었기에 일종의 보상 심리가 작용하는 것으로 보이지만, 이젠 우리도 바뀔 때가 지났다.

우리나라도 이제 선진국과 어깨를 겨눌 만큼 괄목할 경제 성장을 한 상태다. 그렇다면 경제 수준에 걸맞게 식생활에 대한 의식 수준도 한 단계 향상되어야 한다. 음식 문화도 이제 세련되고 품격 있게 진화되어야 한다는 이야기다. 이것은 오로지 우리 국민 모두 혁신적인 각성과 실천 의지가 있어야만 가능할 것이다.

—

시련의 계절
천사와의 만남
낙원을 맛보다
가족의 소중함
설렘을 안고

—

4

어른들도
읽는 동화

『외눈박이 비둘기』

시련의
계절

벌써 3월이지만 아직도 아침 바람은 차갑습니다. 우리 비둘기 가족이 살고 있는 이곳 동네 공원은 이른 아침부터 시끌시끌합니다.

동네 어르신들이 이런저런 운동을 하느라 분주히 움직이고 있습니다. 짝을 지어 배드민턴을 치는 사람들도 있고, 쌀쌀한 날씨임에도 윗옷을 벗고 철봉에 매달려 땀을 뻘뻘 흘리는 아저씨도 있습니다. 어떤 아줌마는 공원 주위를 빙빙 돌며 활기차게 걷기 운동을 하고 있습니다.

그러나 항상 이처럼 상쾌한 모습만 볼 수 있는 것은 아닙니다. 이른 아침까지 긴 벤치에 누워 소란을 피우는 아저씨도 있습니다. 아마 밤새도록 술을 마시다가 그곳에 쓰러져 잠을 잔 것 같습니다. 때로는 알듯 모를 듯한 소리를 지르며 지나가는 사람들에게 시비를 걸기도 합니다.

사랑하는 가족을 떠나 밖으로만 떠도는 노숙자라고 했습니다.

노을 위에 쓰는 낙서

동네 아줌마들의 수군거리는 말을 들었지요.

언젠가 나는 그 아저씨 옆을 기웃거리다가 혼쭐이 난 일이 있었습니다. 아저씨가 갑자기 빈 술병을 내게 던지는 바람에 크게 다칠 뻔했거든요.

그날 그 이후로는 그쪽에 얼씬거리지도 않았습니다. 그때 정말 많이 놀랐거든요. 그러나 나는 그 아저씨가 하루라도 빨리 가족들 곁으로 돌아가길 바랐던 것도 사실입니다.

아무튼 이곳은 이른 아침부터 늦은 밤까지 이런저런 볼거리가 많은 곳입니다.

매화나무 가지에는 봄을 재촉하는 꽃망울이 수줍게 모습을 드러내고 있습니다. 그러나 갑자기 휘날리는 진눈깨비에 놀라 부르르 떨고 있습니다. 아직도 춥고 매서운 날씨라 봄을 맞는 일은 당분간 어려울 것 같습니다.

하지만 정작 나를 힘들게 하는 것은 이런 날씨가 아니라 얼음장처럼 싸늘한 내 가슴입니다.

나는 외눈박이 비둘기입니다. 내가 태어난 지 수개월이 지난 어느 날 한쪽 눈을 그만 잃고 말았습니다. 워낙 허약한 몸으로 태어났던 나는 먼저 눈을 뜬 형들 때문에 사고를 당했던 거죠. 몰래 숨어서 먹이를 먹던 나는 형들이 쫓는 바람에 도망치다가 뾰족한 가지에 눈이 찔렸던 것입니다. 상처가 너무 깊어 한동안 물 몇 모금으로 버티면서 끙끙 앓기만 했습니다.

그런 일이 있을 뒤에도 형들의 괴롭힘은 계속되었지요. 형들은 그들끼리만 먹이를 차지하고는 나에겐 얼씬도 못하게 하였습니다. 그러다 보니 나의 몸집은 뼈만 남아 있을 뿐 앙상한 나뭇가지처럼 볼품이 없었습니다.

모든 동물들이 그러하듯이 우리 비둘기도 성장기에는 엄청나게 많은 먹이를 필요로 합니다. 잠자는 시간 외에는 거의 먹기만 합니다. 그런 후 성장이 멈추면, 몸매를 가꾸기 시작하지요. 깃털에서 고운 색깔이 돋아나고 윤기가 흘러 멋진 몸매를 뽐내게 됩니다. 이러한 성장 흐름은 앞으로 마음에 드는 짝을 찾기 위한 준비 과정이기도 하지요.

그러나 나는 항상 주린 배를 이끌고 이리저리 쫓기다 보니 내 몸을 지탱할 기력조차 없게 되었습니다. 그저 멍하게 앉아 꾸벅꾸벅 졸기 일쑤였죠. 이런 상태가 지속된다면 나의 생명 줄도 곧 끊어질 것이라는 두려움이 떠나지 않고 있었습니다.

형들의 난폭한 행동을 본 엄마도 얼마 동안은 야단을 치기도 했습니다. 그러나 언제부터인가 내게 관심을 끊은 것 같습니다. 간혹 울면서 매달리기도 했지만, 귀찮은 눈빛으로 쳐다보다가 금세 외면해 버리곤 했지요.

강한 자만 살아남는 동물의 세계는 정말 매정한 곳입니다. 체력이 약한 새끼는 어미가 더 이상 돌보지 않으려 하죠. 혼자서 살아갈 힘이 부족하다고 판단하기 때문입니다. 이제 나를 보듬어 주는 가족은 없고 해코지만 하는 적들만 가득 차 있는 것 같았습니다.

어느 날은 배가 너무 고파 비닐봉지에 버려진 음식 찌꺼기를 먹다가 큰 화를 당할 뻔했습니다. 짜고 매웠을 뿐만 아니라 너무 오래된 음식이라 지독한 냄새가 풍겨 더 이상 먹을 수가 없었습니

노을 위에 쓰는 낙서

다. 구토와 배탈로 며칠 동안 엄청난 고통을 겪어야 했었죠.

그렇게 나에게는 외롭고 괴로운 날들이 계속 이어지고 있었습니다. 어두운 밤이 지나면 밝은 해가 솟는다는데, 내겐 왜 이렇게 힘든 시련이 이어지는 것인지……. 내게도 따뜻한 봄날이 찾아올까요?

왠지 내게는 모든 게 사치처럼 느껴지고 긴 어둠이 걷히지 않을 것 같은 불안한 예감이 내 곁을 에워싸는 듯합니다.

천사와의
만남

 그러는 사이 봄이 오긴 왔나 봅니다. 공원 내 곳곳에는 노란 개나리꽃이 우아한 모습으로 활짝 피었습니다.

 얼었던 땅 위에도 파릇파릇 새싹이 돋고 있습니다. 겨울 추위에 움츠리고 있던 온갖 생물들이 서서히 기지개를 켜고 있습니다. 이러한 모습들을 보면서 내 가슴이 묘하게 설레고 있음을 느꼈습니다. 나에게도 무언가 새로운 변화가 올 것 같은 예감이 들었던 거죠.

 "그래! 맞아. 바로 그거야!"

 그때 내가 지금까지 생각지도 못한 비상한 움직임이 꿈틀거리기 시작하였습니다. 내가 찾아낸 그 특별한 수단은 바로 가출이었습니다. 배고픔과 따돌림에서 벗어나기 위한 마지막 방편이었습니다.

 "이렇게, 이렇게 비참한 모습으론 살 수 없어! 차라리……."

노을 위에 쓰는 낙서

엄마, 아빠 몰래 집을 떠나는 것은 옳은 일이 아니고 내게는 두려운 모험이기도 합니다. 그러나 내가 살아남기 위한 어쩔 수 없는 선택이라 믿었습니다.

따뜻한 햇살이 땅 위를 감싸던 어느 날 아침, 나는 드디어 몰래 품었던 가출을 결행했습니다. 가족들이 식사를 하느라 분주히 움직이던 때를 틈 타 나는 힘없는 날갯죽지를 펄떡이며 죽을힘을 다해 날아올랐습니다.

다행히 나의 탈출을 눈치 챈 가족은 없었습니다. 설사 알았다 하더라도 그냥 바라보기만 했을지도 모를 일입니다.

어디로 가야 할지는 정하지도 않았죠. 그저 내 힘이 다하는 한 훨훨 날아 이곳에서 벗어나는 것이 일차 목표였지요. 가쁜 숨을 헐떡이며 방향을 잡았습니다. 막혔던 가슴이 뻥 뚫리며 상쾌하기까지 했습니다.

가족을 버린 아쉬움이나 눈물이 아예 없었던 걸 보면 내 가슴에 맺힌 서러움의 두께가 얼마나 두터웠는지 짐작이 가고도 남을 것입니다.

죽음을 각오하면 없던 힘도 솟아나는 것 같았습니다. 바로 지금 처음으로 겪는 깨달음입니다.

그렇게 한참을 날다가 나는 드디어 찾았습니다. 새로운 나의 보금자리를……. 한눈에 봐도 아늑하고 평화로운 나의 새 삶터가 내 눈 아래로 펼쳐져 있었습니다.

넓디넓은 잔디밭에는 소나무와 잣나무들이 어깨를 겨누고 자리다툼을 하고 있었습니다. 그 뒤로는 나지막한 동산이 펼쳐져 있었고요. 게다가 동산 뒤쪽으로는 넓은 호수까지 자리 잡고 있었습니다. 내가 살았던 동네 공원보다는 비교되지 않을 만큼 넓고 포근한 모습이었습니다.

마침내 나는 양지바른 잔디밭 언덕배기에 힘겹게 내려앉았습니다.

따스한 햇살이 싸늘한 내 몸뚱이를 감싸는 순간, 나는 그만 정신을 잃고 말았습니다. 워낙 허약한 몸으로 힘을 쏟다가 지친 나머지 기절하고 말았던 거지요.

태어나서부터 지금까지 덕지덕지 쌓인 서러움과 아픈 기억들이 서서히 떠오르더니, 갑자기 나의 영혼은 어디론가 떠나가고 있었습니다.

솔잎처럼 여린 두 발을 비비며 발버둥을 쳐 봤지만 버티기가 힘들었습니다. 살점이라곤 찾기 힘든 앙상한 내 육신은 더 이상 생명체가 아니었습니다. 잔디밭에 나부라진 메마른 나뭇가지와 다름없는 내 모습은 이제 이 세상과 작별을 고해야 할 때임을 말하고 있었죠.

"안 돼, 나는 살아야 해. 꼭 살아남아야 한다고……."

안간힘을 다해 몸부림을 치며 중얼거려 보았지만 그것은 빈 하늘에 사라지는 메아리였습니다. 나는 모든 것을 다 버리고 조용히 죽음을 맞기로 했습니다.

가물가물해지는 의식이 어디론가 떠나가는 바로 그 순간, 정말 기적 같은 일이 벌어졌습니다. 어디선가 하얀 너울을 펄럭이며 다가오는 천사가 어른거리는가 싶더니 누군가 나의 가냘픈 목덜미를 계속 쓰다듬기 시작하였습니다. 꼭 꿈속에서 구름 위를 거

노을 위에 쓰는 낙서

니는 듯한 느낌이 한동안 계속되었습니다.

"아줌만 누구세요? 누구시길래…….."

중얼거리는 내 목소리가 들리는지 몰라도 그녀는 아무 말이 없었습니다. 그저 미소 가득한 얼굴로 나의 목덜미와 가슴을 쉴 새 없이 쓰다듬기만 하였습니다.

얼마나 지났을까요? 아줌마가 말을 하신 건 싸늘했던 내 가슴이 따뜻하게 데워지기 시작할 무렵이었습니다. 지금껏 들어 본 적이 없는 다정한 목소리였습니다.

"애야! 용기를 가져야 해. 이제 희망을 품고 꿋꿋하게 살아야 한다. 지금부터…….."

"저를 아세요? 아줌마는?"

"그래! 잘 알고 있단다. 그래서 널 이렇게 보살피고 있는 거 아니니!"

아줌마는 계속 말씀을 하셨어요.

"자! 이제 누구도 원망 말고 용서하면서 살아야 해. 네게도 곧 좋은 날이 꼭 찾아올 거야."

정말 신기했어요. 아줌마, 아니 미소의 천사님은 나에 대해 모든 것을 잘 알고 있는 것 같았거든요.

그런데 내가 잠깐 정신 줄을 놓고 어리둥절 하는 사이 그녀가 보이지 않았습니다. 조금 전까지 따뜻한 손길도 나를 쓰다듬던 그분이 무지개처럼 사라진 것입니다.

게다가 더욱 신통한 것은 쇳덩이같이 무겁던 내 몸이 깃털처럼 가벼워지고 한동안 잃었던 의식마저 맑아지기 시작했습니다. 순간 나도 모르게 용수철처럼 벌떡 일어났습니다.

"아! 아줌만 어디 가셨지?"

그러나 사방을 둘러봐도 상냥했던 그 천사님은 보이지 않았습니다. 그 대신 잔디밭에는 놀라운 일이 벌어졌습니다. 그곳엔 먹음직스런 식사 거리가 여기저기서 꿈틀거리고 있었습니다. 잔디밭에서 뿌리를 갉아 먹고 사는 굼벵이였죠. 우리에겐 최상의 먹거리입니다. 나는 닥치는 대로 주린 배를 채우고 난생 처음 푸짐한 식사를 하였습니다.

그 후 나는 깊은 잠에 빠지고 말았습니다. 지칠 대로 지친 상태에서 폭식을 하였으니 그럴 만도 했었습니다. 아마도 제법 긴 시간이 흐른 뒤에서야 나는 잠에서 깨어났습니다.

이곳에 도착한 후의 일들이 어렴풋이 떠올랐습니다. 혹시 내가 긴 꿈을 꾼 것인지 무언가에 홀린 것인지 한동안은 혼란스러웠습니다.

그러나 분명한 것은 나를 보살펴 준 천사님이 있었다는 것. 진짜로 그분은 나의 수호천사였습니다. 나는 혼자 중얼거렸습니다.

"아! 천사님 지금 어디 계시나요?"

노을 위에 쓰는 낙서

낙원을
맛보다

그 후 나의 몸은 빠른 속도로 건강을 찾아가고 있었습니다. 이제 그 누구의 해코지 없이 마음껏 식사를 즐길 수 있게 되었습니다. 이토록 훌륭한 보금자리가 있을 줄은 정말 꿈에도 몰랐습니다.

이곳저곳을 산책하다 보면 색다른 먹잇감이 널려 있었습니다. 이름 모를 곤충들과 달팽이는 내게 특별한 식사거리였습니다.

간혹 엄마 손에 이끌려 산책을 나온 아이들도 보입니다. 그들이 떨어트린 빵조각은 입맛을 돋우는 달콤한 간식이기도 했지요. 하지만 엄마 손을 붙잡고 흥에 겨워 공원길을 거니는 아이들을 보면 부러움이 우르르 밀려왔습니다.

"아! 내게도 저런 때가 있었던가?"

서글픔에 목이 메여 눈물을 얼마나 삼켰는지 모릅니다. 그러나 어쩌겠어요? 내 스스로 엄마 곁을 떠나온 이상 그 누구도 탓할 수 없는 지금입니다. 나 혼자 견디어야 할 운명이 아닌가요?

나는 곧 마음을 고쳐먹기로 했습니다.

"그래! 나는 정말 잘된 거야. 내게 마침내 행복이 찾아온 거야."

나는 스스로 칭찬하며 꽁무니를 으쓱거리기도 했습니다.

배가 부르면 언덕배기에 앉아 낮잠을 즐기기도 하고 소나무에 앉아 시원한 바람을 맞으며 까치들의 노래에 맞장구를 치기도 했습니다.

까치는 정말 우리에겐 부러운 친구이지요. 그들의 노래 솜씨는 일품입니다. 그들의 멋들어진 몸매는 또 어떤가요? 날갯죽지를 쭉 펴고 꽁무니를 흔들어 대면 기품 있는 신사의 모습 그대로입니다. 또한 사람들은 아침에 까치가 지저귀면 반가운 손님이 온다고 믿는 까닭에 후한 대접을 받기도 하죠.

특히 그들의 가장 빼어난 솜씨는 집 짓는 기술입니다. 잠깐 까치의 집 짓는 모습을 살펴볼까요?

제일 먼저 둥지를 틀 튼실한 나무를 고른 후 어디쯤 지을지 위치를 고른다지요. 까치는 그해의 날씨도 짐작할 능력이 있다는데, 정말 믿어지나요?

여름 날씨가 예년보다 많이 더울 것으로 예측되면 조금 높은 곳에 집을 짓습니다. 태풍이 심할 것으로 보이면 입구를 북쪽으로 두고 약간 낮은 곳에 자리를 잡는다는데 우리로서는 도통 이해할 수 없는 능력이네요. 일단 위치가 정해지면 매일 나뭇가지를 물어 나르는데 그 숫자가 자그마치 1,300여 개가 들어간다니 놀랍죠?

그들의 독특한 집짓기 방법은 헤아릴 길이 없지만 세찬 비바람에도 끄떡없는 비법은 무엇일까요? 아마 사람들보다 더 실력 있는 건축기사인 것 같습니다. 또한 둥지가 완성되면 부드러운 깃

노을 위에 쓰는 낙서

털을 자신들의 몸에서 뽑아 차곡차곡 깔아 놓습니다. 어린 새끼들이 편히 잘 지낼 수 있도록 온갖 정성을 쏟는답니다. 정말 영리한 친구들입니다.

까치들 칭찬이 너무 길어졌습니다. 그 밖에 참새, 꿩, 종달새, 뻐꾸기, 그리고 다람쥐 등등 낯선 친구들의 모습도 서서히 익숙해지지 시작했습니다.

좁은 동네 공원에서 살다가 이렇게 넓은 곳으로 오고 보니 볼거리, 먹거리가 끝이 없습니다. 특히 낯설었던 친구들과 얼굴을 익히며 즐겁게 놀다 보니 하루가 어떻게 지나가는지를 모를 정도였죠.

겁이 많은 꾀꼬리는 주로 나무꼭대기에서 노래를 합니다. 목소리가 너무 맑고 고와 시샘이 날 정도였습니다.

사실 우리 비둘기는 자랑거리가 별로 없습니다. 숲 속이나 언덕에서 멋진 노래를 부르는 친구들을 보면 정말 부럽더군요. 어쨌거나 내가 살기 좋은 낙원에 온 것만은 틀림없습니다.

그러나 항상 즐겁고 편안한 것만은 아니었습니다.

처음 한동안은 외롭고 무서워 혼자서 많이 울기로 했었지요. 먹을 것에 대한 걱정은 없었지만, 엄마 품을 그리며 가출한 것을 잠깐 후회하기도 했습니다. 비바람과 천둥소리에 놀라 벌벌 떨기도 했습니다. 지금은 적응이 되었지만요.

특히 이른 아침부터 구슬프게 울어대는 뻐꾸기 소리에 함께 울기도 했습니다. 어찌나 애처롭게 우는지 가슴이 내려앉는 것 같았습니다. 자기 자식을 남의 둥지에 버린 죄책감으로 운다고 하였습니다. 그러나 사실은 자기들끼리 대화를 나누는 것이겠지요. 그렇지만 내겐 정말 슬프게 들리더군요.

그러나 시간이 차츰 흐르면서 모든 것들이 조금씩 익숙해졌습니다. 외로움을 빼고는 전혀 아쉬움이 없는 풍요로운 시간이 흘러가고 있었습니다.

내 스스로 마련한 보금자리였기에 뿌듯한 마음으로 게으른 일상을 즐기고 있었습니다. 그야말로 낙원을 품은 꿈같은 나날들이 흘러가고 있었지요.

노을 위에 쓰는 낙서

가족의
소중함

얼마만큼의 세월이 흘렀을까요? 내가 엄마 품을 떠난 지도 봄과 여름을 훌쩍 넘어 온갖 곡식과 과일이 익어 가는 가을의 중턱을 지나고 있습니다.

저 멀리 누런 벌판에는 밀짚모자를 눌러쓴 허수아비도 보입니다. 가을 햇살을 받으며 한껏 멋을 부려 보지만 정작 자신의 임무에는 소홀한 것 같습니다.

여름 내내 푸르름을 자랑하던 나무들도 이제 새롭게 단장을 하며 겨울 채비에 분주합니다. 억새풀과 싸리나무는 가을바람에 가냘픈 머리채를 흔들며 흥겹게 춤을 추고 있습니다.

다람쥐들의 모습도 흥미롭네요. 한창 바쁠 시기입니다. 겨우내 먹을 양식을 갈무리하느라 눈 코 뜰 새 없이 바삐 움직입니다. 도토리나 알밤을 입에 물고 땅속에 묻느라 정신이 없어 보입니다.

그런데 분별없는 사람들이 많이 있군요. 다람쥐가 먹을 식량을 마구 주워 가고 있습니다. 그들은 먹을 것이 남아돈다는데 왜 연약한 동물들의 식량에 손을 대는지 이해가 되지 않습니다. 다람쥐가 이듬해 봄에 먹을 것이 부족하면 어떻게 될까요? 조금은 걱정이 되는 장면입니다.

오랜만에 호숫가로 산책을 나왔습니다. 호수 주변에는 코스모스가 수줍게 고개를 숙이며 꽃을 피우고 있습니다. 빨강, 노랑, 자주색 등 갖가지 색을 피워 내며 우리의 가슴을 따뜻하게 해 줍니다. 저토록 실낱같은 가냘픈 몸매에서 어쩜 저토록 곱디고운 꽃송이를 피워 내는지 신기하기만 합니다.

해가 중천에 뜬 어느 늦가을이었습니다. 눈이 시리도록 푸른 하늘을 날아가던 나는 소스라치게 놀라고 말았습니다. 그토록 나를 놀라게 만든 것은 호수에 비친 나의 모습이었습니다. 그 속에는 건장하고 의젓한 비둘기 한 마리가 멋진 자태를 뽐내며 가을 하늘의 공기를 가르고 있었습니다.

회색빛 날갯죽지에는 의젓한 사내의 위엄이 돋보이고, 윤기가 흐르는 목덜미에는 물씬 물씬 건강미가 넘치고 있었습니다. 그토록 볼품없던 외눈박이 비둘기가 엄청난 탈바꿈을 하게 될 줄 누가 알았겠습니까?

"아! 저것이 진정 지금 내 모습이란 말인가?"

잠시 수양버들 가지에 몸을 맡긴 나는 깊은 생각에 잠겼습니다.

"드디어, 드디어 내가 해낸 거야! 내 힘으로……."

나는 순간 기쁨과 설렘으로 부르르 몸까지 떨며 눈시울을 적셨습니다. 그리고 언젠가 내게 새 생명과 용기를 불어넣어 주신 미

노을 위에 쓰는 낙서

소의 천사님을 떠올렸습니다.

"감사합니다! 천사님, 정말 고맙습니다. 이 은혜를 어떻게 갚아야 할지……."

그러나 나의 이렇게 멋진 변신에도 불구하고 한편으로 밀려오는 허전함과 외로움을 막을 수가 없었습니다. 한동안 잊고 살았던 가족 생각에 내 마음이 흔들리기 시작했습니다. 비록 내게 소홀했던 엄마, 아빠 그리고 해코지를 일삼던 형과 누나들이었지만 그들은 모두 내가 사랑했던 가족입니다. 미움과 원망의 지난날들이 이제는 애틋한 그리움으로 바뀌고 있었습니다.

"그래! 이제 돌아갈 때가 온 거야. 가족 품으로 가야 해! 나의 모습을 보면 엄마도 분명 기뻐하실 거야."

마침내 나는 또 다른 결심을 하게 됩니다. 한시라도 빨리 엄마 품에 안기고 싶었습니다. 그러나 이곳을 떠나기에 앞서 마음속으로나마 고마움을 전해야 할 분이 있습니다. 내게 새 생명과 용기를 주신 미소의 천사님이지요. 아마 먼발치에서 나를 지켜보며 나의 용단에 박수를 보내고 계실 것입니다.

고마움을 말할 곳은 또 있습니다. 항상 내게 따뜻한 보금자리를 내주었던 잔디밭 언덕배기, 포근한 안식처를 나눠준 맏형 같은 소나무, 그리고 숲 속의 여러 친구들……. 이들은 오늘의 나를 있게 해준 소중한 이웃들입니다. 비록 이곳을 떠나지만, 그들에 대한 고마움은 잊어서는 안 될 일입니다.

"정말 고마웠어요. 친구들, 안녕!"

설렘을
안고

마침내 나는 두근거리는 마음을 파란 하늘에 내던지며 힘찬 비행을 시작했습니다. 가족의 품으로 돌아가는 데는 긴 시간이 필요치 않았습니다. 튼튼해진 나의 두 날개와 날씬해진 몸매 때문이지요.

드디어 어릴 적 아픈 추억이 밴 동네 공원에 도착했습니다. 나는 떨리는 가슴을 가라앉히며 가족이 노니는 공원 주위를 빙빙 돌기 시작했습니다.

키가 큰 느티나무 아래에는 그토록 그리던 가족의 무리가 한가로운 오후를 보내고 있습니다. 아직은 내 모습을 본 것 같지는 않습니다. 곧장 다가가기도 조금 어색할 것 같아 서서히 감격의 만남을 갖기로 했습니다.

겨울 채비를 서두르는 매화나무는 얼마 남지 않은 잎새를 흩날리며 희엿한 햇볕을 쬐고 있었습니다. 아이들이 모여 놀고 있는

노을 위에 쓰는 낙서

동그란 모래밭에는 허리춤을 붙잡고 씨름을 하는 사내아이들이 들썩이고, 그네 타는 언니에게 자리를 내달라고 떼를 쓰는 동생의 모습도 보입니다. 미끄럼을 타거나 그네를 타는 아이들과 딱지치기를 하는 친구들의 모습도 활기차고 정겨운 옛 모습 그대로입니다.

이제 설레던 가슴이 진정된 것 같습니다. 나는 깊게 숨을 내뿜으며 가족의 무리 속으로 사뿐히 내려앉았습니다.

갑작스런 낯선 이의 출현에 모두가 어리둥절한 표정입니다. 처음에는 어느 누구도 나를 알아보지 못한 것 같았습니다. 그도 그럴 것이, 오래전에 사라졌던 못난이 막내가 이렇게 듬직한 모습으로 나타날 줄은 짐작조차 못했을 테죠.

그러나 가족들이 놓칠 수 없었던 것은 영원히 변할 수 없는 나의 외눈박이 눈의 모습이었습니다.

제일 먼저 나를 알아본 가족은 역시 엄마였습니다. 그러나 처음에는 실감이 나지 않은 듯 나의 위아래를 번갈아 훑어보시더니 마침내 확신을 얻은 것 같습니다.

"장하구나, 아가야! 이렇게 살아서 돌아오다니! 어디 보자, 내 새끼……."

엄마께선 더 이상 말을 잇지 못하고 눈물만 흘리시더니 나의 목덜미를 와락 껴안고 부르르 떨기까지 하십니다.

"몰라보게 많이 컸구나. 그토록 여리던 것이 이제 튼실한 청년이 다 되었구나!"

"죄송했어요. 엄마, 이젠 저도 엄마 곁을 지키며 즐겁게 살게요."

"그래! 고맙다. 네가 잘못된 줄 알고 얼마나 걱정을 했던지. 네 아빠 아직도 식사를 제대로……."

그동안 눈시울만 붉히고 계시던 아빠께서 말씀하셨습니다.

"고맙구나, 막내야. 난 널 똑바로 쳐다볼 수가 없구나. 용서라는 말은 꺼낼 수도……."

나는 대답 대신 아빠 품에 안겼습니다.

나의 머리 위로 촉촉한 물기가 젖고 있었습니다. 난생 처음 맞는 아빠의 눈물이었습니다. 그때까지 고개만 숙이고 있던 큰형이 내 앞에 나타났습니다. 나의 어린 시절 내 가슴에 깊은 상처를 남긴 그 형이, 내가 가출을 결심한 계기를 제공한 그 형이 뜨거운 눈물을 흘리고 있습니다.

"정말 미안하다. 내가 몹쓸 짓을 너무 많이 해서……."

나는 말없이 형을 꼭 껴안고 재회의 기쁨을 함께 나눴습니다.

나는 이제야 깨달았습니다. 이 세상 어느 누구도 혼자서는 살아갈 수 없다는 것을, 그리고 가족만큼 소중한 것이 없다는 것을……. 늦게야 철이 드는가 봅니다.

아빠께서 다시 말씀을 하셨습니다.

"자! 모두들 들거라. 우리 모두 지난일은 다 잊고 용서하고 사랑하면서 살자꾸나! 그리고 오늘 무사히 돌아온 막내를 위해 멋있는 파티를 열기로 한다."

모든 가족이 아빠의 말씀에 환호를 합니다. 그 소리에 놀란 듯 나무에서 떨어지는 낙엽들이 흩어지며 하늘을 가득 채우고 있습니다. 붉게 물든 나뭇잎들이 우리를 위해 축포를 쏘는 것 같습니다.

노을 위에 쓰는 낙서

그렇습니다. 그것은 분명 축복의 불꽃이었습니다.

어느덧 서녘 하늘엔 붉은 노을이 물들기 시작합니다. 하루의 일과를 끝낸 해님이 우리에게 베푸는 멋진 선물입니다.

오늘 밤은 나에게 영원히 잊지 못할 아름다운 추억으로 남을 것입니다. 내 생애 최고의 행복한 시간이 바로 지금입니다. 내 가슴은 여전히 둥둥거리며 식을 줄을 모릅니다.

—

만각晩覺
원제: 얕은 기억 깊은 기억

—

5

단편 소설

『**만각**晩覺 원제: 얕은 기억 깊은 기억』

만각晩覺
– 원제: 얕은 기억 깊은 기억

한낮의 지하철이지만 서울은 역시 역동적인 도시임에 틀림없다. 출근 시간이 훌쩍 지났음에도 오가는 사람이 이렇게도 많을까?

어렵사리 경로석에 자리를 잡은 나는 물밀듯이 밀려오는 인파에 놀라 가만히 눈은 감는다.

직장인들이 출근하는 시간에는 그들의 눈치를 보지 않을 수 없다. 공짜로 타는 주제에 콩나물시루 같은 빽빽한 차 안에서 공연히 늙은이 냄새나 풍기고 있으면, 노인 대접은커녕 천덕꾸러기 되기가 십상이다.

그러기에 우리들과 같은 노인들이 움직이는 때가 지금이다. 그럼에도 이렇게 차 안이 붐비고 있다.

전동차에서 정차를 알리는 안내 방송이 끝나자 드르륵 문 열리는 소리가 들린다. 나는 반사적으로 눈을 떴다. 그때 다정히 손을 잡은 남녀 한 쌍이 들어오더니 내 앞에 멈춰 섰다.

노을 위에 쓰는 낙서

둘 다 훤칠한 키에 잘생긴 청춘들이다. 요새 젊은이들은 모두 탤런트처럼 날씬하고 용모 또한 준수하다. 흠이라면 여자들은 구별이 되지 않을 정도로 엇비슷하게 생겼다는 것이다. 이미 유행처럼 번져 버린 성형수술 때문일 것이다.

전동차가 출발하면서 차체가 흔들리자 두 남녀는 얼굴을 마주 보고 서로 어깨를 감싸며 포옹을 하고 있다.

"한창 좋을 때지. 그런데 이것들이 하필이면 내 앞에 섰담."

이럴 땐 눈을 감는 것이 상책이다. 그러나 이것이 어디 쉬운 일인가. 고개를 들고 새우 눈을 하며 헛기침을 해 본다. 아니! 이럴 수가. 그들은 오히려 더 찰싹 몸을 밀착시키곤 아슬아슬한 장면을 보여 주고 있다.

다시 눈을 감는다.

"그래! 이제 인정할 건 해야지. 그새 변한 세월이 얼만데……."

그 순간 나는 15여 년 전, 나를 몽매에서 깨우쳐 준 씁쓸한 기억을 떠올리며 과거로 빠져들고 있었다.

우리나라의 반대편에 위치한 중남미의 과테말라에서 있었던 일이다. 당시 해외 취업차 장기 체류를 하게 되었던 그 나라의 조그만 도시, 그곳에서 가장 규모가 큰 의류공장 매니저였던 나는 외로운 독신 생활을 하며 힘든 나날을 보내고 있었다.

그러는 사이 수많은 종업원 가운데 유달리 눈에 띄는 현지 아가씨와 짧은 인연이 있었다. 아니, 인연이라기보다는 잠깐 스침 정도로 표현하는 것이 맞을 것 같다. 흔히 말하는 관심의 수준은 아니고 나의 동선動線에서 수시로 시선이 마주치다 보니 자연스레 익숙한 얼굴이 된 것이다.

그녀는 인디언의 피가 섞인 혼혈아로 보였는데, 얼굴이 가무잡잡했지만 눈망울이 초롱초롱 빛나고 콧날도 오뚝하여 꽤나 매력적인 아가씨였다. 휴식 시간에는 긴 머리채를 하늘거리며 하얀 이를 드러내고 웃는 모습이 젊음과 발랄 그 자체였다.

야간작업이 있던 어느 날, 저녁식사가 끝나고 짧은 휴식 시간 중 그녀 옆을 지나가게 되었는데, 그때 처음으로 그녀와 몇 마디 말을 나누게 되었다.

"올라! 수 놈브레?" (안녕! 네 이름은?)
"마가냐, 세뇨르." (마가냐예요, 선생님.)
"부에나 놈브레." (이름이 예쁘네.)
"그라시아스 헤렌떼." (고맙습니다. 이사님.)

그날 저녁 그녀와 나눈 대화는 딱 네 마디뿐이었다. 사실 대화를 더 나누고 싶었지만 몇 마디로 그친 것은 그때 나의 스페인어 실력으로는 더 이상 말을 이어 갈 능력이 없기 때문이었다.

그 후 시간은 흘러 크리스마스 휴가가 시작되기 전날, 즉 이브 날이 다가왔다. 회사는 오전 근무를 끝으로 연초까지 긴 휴무에 들어가게 되었다. 대부분의 국민들이 가톨릭 신자인 이 나라에 크리스마스 홀리데이 시즌이 시작된 셈이다.

나는 사무실 안의 창가에 서서 들뜬 표정으로 퇴근하는 종업원들의 긴 행렬을 지켜보며 일주일이 넘는 긴 휴가를 어떻게 보낼지 고심하고 있었다.

노을 위에 쓰는 낙서

회사 스피커에서는 이미 캐럴이 울려 퍼지고 있었다. '호세 펠리치아노'가 노래하는 〈페리스 나비다드〉가 퇴근하는 젊은이들의 어깨를 들썩이게 하고 있었다.

바로 그때 내 시야에서 약 15m가량 떨어진 공원 나무 아래에서 야릇한 광경이 벌어지고 있었다. 그것은 청춘 남녀 한 쌍이 포옹을 하며 열렬한 입맞춤을 하고 있는 장면이었다. 나는 약간 당황을 하면서도 잠시 저러다가 말겠지 하는 생각으로 물끄러미 그쪽을 쳐다보고 있었다.

하지만 웬걸, 5분이 지나고 10분이 지났음에도 그들의 입맞춤은 계속되고 있었다. 나는 속으로

"그것 참! 청춘이 좋긴 좋네."

하며 씁쓸한 미소를 짓고 있었다.

그런데 나를 더욱 놀라게 한 것은 그 주위를 지나가는 동료들의 한결같은 모습이었다. 어느 누구도 그 장면을 보고 대수롭지 않은 듯 그냥 지나쳐 버리는 것이었다. 그들에겐 너무나 익숙한 장면인 듯 별다른 반응을 보이지 않는 것이 내겐 너무나 낯설게 여겨졌다

"아니! 이럴 수가? 그렇다면 내가 관음증 환자란 말인가!"

그러니까 여태까지 나 혼자만 그 장면을 쭉 지켜보고 있었던 셈이다.

그러나 여전히 나의 시선이 그곳에 머물 수밖에 없는 그 상황이 나를 곤혹스럽게 하고 있었다. 그 순간 나를 다시 한 번 놀라게 한 것은 비스듬히 고개를 돌린 젊은 여인의 모습이었다. 그녀는 그동안 나의 동선에서 수시로 마주쳤던 '마가냐'란 바로 그 아가씨

였기 때문이었다.

"쟤도 사랑하는 이가 있었네."

나는 그때서야 깨달았다. 일종의 만각晚覺이었다.

내가 갖고 있던 입맞춤의 견해는 너무 낡아 빠진 구시대적인 사고라는 것이고, 사랑하는 사이끼리는 장소에 구애 없이 입맞춤 정도의 애정 표현은 용인이 되고, 그리고 내가 살고 있던 지구의 반대편에 살고 있는 이쪽 사람들은 삶의 수준이나 연륜에 관계없이 열린 마음과 의연함으로 사랑 표현을 할 수 있다는 것이다.

그 후로도 그들은 입맞춤을 이어 가더니 아마도 20여 분 지나서야 손을 맞잡고 유유히 사라졌다. 그때 그 모습은 정말 아름다운 청춘의 뜨거움이었고 내게는 신선한 충격이었다. 그 일이 있은 이후 나는 그녀의 모습을 보지 못했다.

중남미 종족들은 동양인에 비해 비교적 조숙早熟한 편이어서 남녀 모두 결혼 연령이 낮은 게 관례이다.

아마 그녀도 입맞춤을 나누던 그 사내와 웨딩마치를 올렸겠거니 하고 생각했다. 아무튼 그녀의 부재가 실망스런 정도는 아니었지만 나의 동선에서 지워져 버린, 그녀에 대한 아쉬움이 있었던 것은 사실이었다.

아련했던 그 기억을 지우며 내 앞에 서 있는 두 청춘을 살짝 쳐다보았다.

"그래! 맞아, 우리도 이젠 변할 때가 되었지. 아니야, 너무 늦었는지도……. 남녀칠세부동석, 그런 게 언제 적 이야기야!"

적어도 나는 이들의 애정 표현에 반기를 들지 않기로 했다. 누

노을 위에 쓰는 낙서

가 뭐래도 나만큼은 변해야 한다고 생각했다. 비록 너무 게으른 진화이긴 하지만……

얼마 후 낭랑한 목소리의 정차 안내 방송과 함께 내 앞에 서 있던 남녀는 인파에 묻힌 채 사라지고 새로운 승객들이 밀려왔다.

출입문이 닫히는 순간, 허겁지겁 뛰어오는 노인 한 사람이 내 시야에 들어왔다. 그는 맞은편 경로석에 앉아 숨을 고르더니 곧장 눈을 감았다. 그런데 뭔가 이상한 예감이 내게 밀려왔다. 그에게서 눈을 도저히 뗄 수가 없었던 것이다.

내가 이 노인에게 눈을 떼지 않는 이유는 분명 낯설지 않은 얼굴이었기 때문이다. 누굴까? 초등학교 동창? 아니면 중학교……? 혹시 젊은 시절 드나들던 무교동 술집 지배인? 누군지 알 듯한 얼굴이긴 한데, 전혀 감이 잡히지 않는다.

"내가 너무 늙어 기억력이 쇠락한 것인가?

나는 내게 덧없는 질책을 하면서도 안경 너머로 슬며시 그의 얼굴을 찬찬히 훑어보기 시작했다. 살집 없는 가무잡잡한 얼굴, 독수리 같은 매서운 눈매, 뾰족한 콧날, 왼쪽 귓불 바로 밑에 박힌 콩알 크기의 검은 점……. 그렇게 생각에 잠기기를 5분여.

"앗! 맞아, 이럴 수가!"

내가 사람을 보고 이렇게 놀라기는 난생 처음 있는 일이다. 갑자기 내 가슴 위에 무거운 바윗덩이가 짓누르는 느낌이 들며 숨이 막히고 호흡이 거칠어지기 시작했다.

그것은 그가 내 기억의 수레바퀴를 무려 50여 년 전으로 되돌려 놓았기 때문이다. 나는 심호흡을 두세 번 길게 하고 그를 다시 한

번 쳐다보았다.

그는 분명 박○○ 하사였다. 생각만 해도 소름이 끼치는 논산 훈련소 23연대 3중대 5소대 선임하사, 바로 그놈이었다. 당시 훈련병으로 6주간, 그러니까 약 40여 일 동안 하루도 빠짐없이 욕설과 고통 속에 시달렸던 그 시절, 그 악마 같은 선임하사 그 인간이 바로 내 코앞에 앉아 있는 것이다.

사람의 일은 정말 모를 일이다. 확률로 치면 수천만 분의 일 정도가 될 경우의 수가 지금 현실로 나타난 것이다.

그는 정말 모질고 뾰족한 인간이었다. 내가 태어나서 그놈만큼 비천한 욕설을 퍼붓는 자를 본 적이 없다. 어디 욕지거리뿐이랴. 잔인할 정도의 가혹한 기합과 체벌은 인간적 모욕을 떠나 정신적인 공황감恐慌感까지 갖게 하였다.

내무반에서의 그는 40명의 훈련병들을 거느리는 소왕국의 폭군으로 군림하였다. 우리가 숨 쉬는 것 외에는 모두가 그의 손아귀에 있었다 해도 지나치지 않을 정도로 그의 포악성은 잔혹했다.

그의 말은 곧 법이요, 철칙이었다. 우리에겐 그는 한마디로 말해 '지옥에서 온 악마'였다.

여자들이 가장 듣기 싫어하는 이야기는 남자들의 군대 시절 에피소드와 축구시합 했던 자랑거리라지만 듣는 재미가 쏠쏠한 군대 이야기도 더러 있다. 지금부터 고약한 그 이야기가 시작된다.

그의 욕지거리와 기합의 유형은 상상을 뒤엎는 가히 독보적인 것이었다.

"야! 이 X대가리 같은 새끼들아!"

"호랑말코 X따까리 같은 놈들!"

그의 욕설은 거침이 없었다.

"XX놈의 X새끼들아! X까는 소리하고 자빠졌네."

더 이상 예를 들 수 없을 만큼 그이 입은 거칠었다. 인간의 탈을 쓰고, 아니 선임하사란 놈이 이제 갓 병정 생활을 시작하는 풋내기 부하들에게 이토록 모진 쌍욕을 할 수 있단 말인가? 정말 그의 얼굴은 보기만 해도 진저리가 날 지경이었다.

그의 기합과 체벌 목록 역시 다양했다. 조금만 기분이 상해도 취침시간에 상관없이 우리에게 분풀이를 하곤 했다.

어느 날 밤, 그에게 언짢은 일이 있었는지 그의 불호령이 떨어졌다.

"동작 그만! 수통을 각자 정면 앞에 놓는다. 실시!"

"실시!"

"수통 뚜껑에 대가리 박고 뒷짐 지고 엎드려뻗쳐. 실시!"

"실시!"

우당탕 쿵쾅 소리와 함께 옆으로 고꾸라지는 장정들, 아니 어떻게 수통 뚜껑 꼭지에 머리를 박으란 말인가?

"똑바로 못해! 이 얼간이 병신 같은 놈들……."

옆으로 뒤로 나뒹굴어진 장정들의 머리 위엔 선임하사의 지휘봉이 춤을 추고 있다. 머리가 빠개질 것 같은 아픔을 참고 일어나면 다리가 후들후들 떨린다.

정수리를 만져 보면 끈적끈적한 액체가 묻어 나오기도 했다. 말랑말랑한 정수리를 뚫은 수통 뚜껑이 기어이 큰일을 내고 만 것이었다. 그러나 그는 그런 일에는 아랑곳하지 않고 오히려 윽박지르기까지 했다.

"하룻밤 자고 나면 끄떡없다고! 그까짓 거 갖고 엄살은…….XX같은 놈들!"

사람 몸뚱이로 인공가교를 만드는 기합도 있다.

어느 날 밤, 화가 잔뜩 난 그가 동작 그만을 외치며 파란을 예고하였다. 그날 훈련 중 실시한 총검술 평가 결과 우리 소대가 꼴찌를 했다는 것이었다.

"오늘 밤 우리 모두 죽었다."

나 혼자만의 추측이 아니었으리라. 과연 그랬다. 그의 서슬 퍼런 명령이 떨어졌다.

"모두 복도로 내려온다. 실시!"

"실시!"

"침상 끝을 잡고 엎드려뻗쳐. 실시!"

"실시!"

여기까지는 별것도 아닌 참을 만한 기합이다. 그런데 그다음이 문제다. 이제 기합은 고난도 단계로 들어간다.

"엎드려뻗친 상태에서 마주 보는 다리끼리 꽈배기를 만든다. 실시!"

"실시!"

"꼬인 다리를 들어 올려 그대로 유지한다. 실시!"

"실시!"

이해를 돕기 위해 보충 설명을 하자면 이렇다. 내무반에는 마주 보는 침상이 두 개 있는데 각 20명씩 기거토록 되어 있다. 40명

　　　　　　　　　　　　　노을 위에 쓰는 낙서

모두 복도로 내려와서 침상 끝을 붙들고 엎드려뻗쳐를 하면 맞은 편 사람끼리 발이 맞부딪히게 된다. 이때 부딪힌 다리를 꼬아 들어 올리면 20쌍이 합작한 인공 가교가 완성되는 것이다.

상상을 해 보라! 이게 얼마나 힘든 고역인지를……. 손과 다리가 후들후들 떨리면서 숨이 턱 막힌다.

더욱 힘든 것은 그놈이 다리 위를 건너면서, 아니 밟으면서 엇박자를 내는 장정들에게 매질을 해대는 것이었다.

잠을 못 자게 하는 고문 같은 체벌도 있다. 일단 취침을 시킨 후 40명의 장정들에게 자신의 고유 번호를 순번대로 외치게 한다. 하루 종일 고된 훈련을 받느라 지칠 대로 지쳐 있는 장정들이라 눈만 감으면 금세 잠이 들게 마련이다.

하나, 둘, 셋, 넷 쯤 번호 소리가 들리면 벌써 맞은편 침상에서는 코고는 소리가 들린다. 이때 그는 "기상!"을 외치면서 앉았다 섰다를 반복하며 우리의 심신을 괴롭히기도 했다. 잠을 못 자게 하는 고통은 당해 보지 않은 사람이라면 그 가혹함을 모를 것이다. 잠이 들만 하면 깨우고 다시 번호를 외치게 하고 이렇게 반복하다 보면 어느새 자정을 넘길 때도 많았다.

그는 목표를 세우면 뚝심 있게 밀고 가는 추진력도 있었다. 어느 날 밤 중대장의 취침 점호에 대비하기 위해 열흘간 특수 훈련을 실시한다고 했다. 즉, 1번에서 40번까지 점호하는 시간을 10초 이내 끝낼 수 있는 훈련을 한다는 것이었다.

이게 어디 가능한 일인가? 처음에는 어림도 없는 불가능한 미션이었다. 그러나 수백 번의 반복된 훈련 끝에 목표가 달성되었다. 군대 문화의 특수성 때문이랄까. 아무튼 그의 지도력과 밀고 나가는 힘은 대단했다.

거기엔 그가 창안한 기발한 요령이 있었다. 그것은 1번이 하나 할 때 2번이 거의 동시에 둘, 2번이 둘할 때 3번이 거의 동시에 셋, 이런 식으로 번호를 외쳐 가면 1번에서 40번까지, 즉 하나에서 마흔을 외칠 때까지 10초 남짓 걸리게 되는 그야말로 미스터리한 현상이 일어나게 된다.

우리가 마치 구식 녹음기에 테이프를 넣고 빨리 감기를 할 때 나는 소리처럼 들린다. 흉내를 글로서 낼 수는 없지만, "한 두 세 네 다……사십!" 이렇게 들리는 것이다.

처음에는 모두 어색하고 표정까지 우스워 끼익끼익 웃다가 웃는다고 얻어맞고, 늦어졌다고 얻어맞고……. 그러다가 이끌어 낸 결실이었지만 불가능을 가능으로 만들 수 있다는 군대의 마력을 체득한 셈이었다.

그러나 정작 나를 더욱 고달프게 만든 사건이 따로 도사리고 있었으니, 당시 나의 운수가 너무 모질었던 것일까?

나는 잠깐 지난 기억을 멈추고 맞은편 박 하사를 힐끔 쳐다보았다.

선명하게 패인 이마의 깊은 주름살, 아래로 축 쳐진 양쪽 볼, 하얀 서리로 뒤덮인 눈썹은 그간 그가 겪어 온 역정歷程을 잘 말해 주고 있었다.

"그래! 맞아. 그는 당시 장기 하사관이었지. 아마도 줄잡아 10여 년은 군대 생활을 했을 테지."

박 하사가 긴 세월의 군 생활을 끝내고 사회로 돌아왔을 때, 그

노을 위에 쓰는 낙서

가 할 수 있던 일은 극히 제한적이었으리라. 당시 나라의 산업구조상 밥벌이가 녹록지 않았을 터인즉 그가 겪은 풍상이 짐작이 가고도 남았다.

다시 희미한 옛 기억 속으로 빠져든다.

어느 날 밤, 취침 점호를 끝내고 달콤한 꿈나라로 빠져드는 순간 그는 갑자기 "전원 기상!"을 외치며 내무반 분위기를 공포 속으로 몰아넣었다.

놀란 토끼 눈을 하고 허겁지겁 일어선 장성들에게 그는 생뚱맞은 주문을 내놓았다.

"주목! 네놈들 중에 〈적과 흑의 블루스〉 노래 아는 놈 있나? 아는 놈은 내 앞으로 나온다. 실시!"

아니, 이게 무슨 자다 말고 귀신 씻나락 까먹는 소리란 말인가? 장정들 모두 의아하여 눈만 말똥거리며 서로 눈치만 살피는데,

"병신 쪼다 새끼들, 무식한 놈들 같으니! 한 놈도 없어?"

내무반은 쥐 죽은 듯이 고요해졌다. 취침 시간을 빼고 이곳이 이토록 적막한 적이 있던가? 사실, 나는 그 곡을 알고 있었다. 미국의 유명한 색소포니스트 '실오스틴'이 연주한 경음악이다. 선율이 달콤하고 부드러워 마음을 평온하게 하는 연주곡이다. 뒤늦게 안 사실이지만, 이 곡은 원래 일본인이 작곡했다 한다. 원제목은 〈아까赤또 구로黑노 블루스〉라 했다.

나는 잠깐 생각에 잠겼다.

'저놈이 이번에는 무슨 수작을 부리려고 저러는 거지?'

'아니, 어쩌면 이 기회에 내게 좋은 일이라도 생길 수 있을까?'

혼돈의 시간이 잠시 흐른 후, 나는 그놈 앞에 나서기로 했다. 그와 가까워지다 보면 조금이라도 득이 있지 않을까 싶었기 때문이다. 나의 급작스런 출현에 그는 묘한 웃음을 지으며 다소 가라앉은 목소리로,

"주목! 바로 소등하고 전원 취침한다. 실시!"

"실시!"

의외의 반전에 동료들은 안도의 한숨을 지으며 모포 속으로 몸을 감추고 있었다.

내무반은 금세 어둠에 덮이고 천장에 매달린 희미한 비상등이 그의 얼굴을 비추고 있었다. 둘둘 말아 감은 모포에 기대어 비스듬히 누워 있는 그놈 앞에 나는 부동자세를 취한 채 다음 지시를 기다리고 있었다.

"그래! 네놈이 그 곡을 안단 말이지. 그럼 당장 한번 읊어 본다. 실시!"

아니, 이게 무슨 소린가? 하도 어이가 없어 눈만 깜박거리고 있는 내게 그의 따가운 일성이 내 귀를 윽박지른다.

"야! 이 새끼야. 그 곡을 읊으라고! 네놈 목소리로 연주를 하란 말이야!"

그제야 그놈의 뜻을 헤아릴 수 있었다. 〈적과 흑의 블루스〉. 이 곡을 내 목소리로 연주하라는 게 그의 주문이었다. 기가 막혔지만 이미 엎질러진 물이었다. 나는 숨을 깊게 들이쉬고 내쉬며 소리를 내기 시작하였다.

"바밤바 밤바 밤바 바밤바……."

한두 번은 음성으로 그다음엔 휘파람 소리로 깊은 밤 내무반의

정적을 깨트리고 있었다.

그날 밤 이후, 매일 밤은 아니지만 이삼일에 한 번 꼴로 나의 이 기막힌 연주는 계속되었다. 나의 처절한 연주는 그놈의 자장가가 되기도 하고 수면제가 되기도 했다. 일단 시작하면 그놈이 잠이 들 때까지 연속적으로 연주(?)를 해야 했다.

그 후로 동료들의 나를 쳐다보는 표정이 두 갈래로 나눠졌다. 은근히 고마워하는 눈길과 동정 어린 눈길이 나를 혼란스럽게 하였다. 어쨌든 나의 희한한 노역勞役 덕분으로 동기들의 야간 일정이 조금이나마 수월해진 것은 사실이었다.

하지만 내게 돌아온 것은 쏟아지는 잠과의 전쟁뿐, 당초 기대했던 그의 보상은 전혀 없었다. 마침내 거꾸로 매달아 놓아도 시간은 돌아간다는 군대의 풍자어처럼 훈련소의 잔인한 6주도 끝을 맺었다.

50여 년이나 지나 버린 옛 기억이 이렇게 각인될 수 있었던 것은 당시 나의 심신이 극도로 지쳐 있었다는 반증이기도 했다. 오랜 기억의 터널에서 빠져나온 나는 다시 눈을 떴다.

박 하사는 여전히 꿈쩍도 않고 앉아 있다. 요즈음은 노인들도 지하철에서 휴대전화를 만지작거리며 시간을 보내기도 하건만 그는 무표정하게 자리만 지키고 있다.

그런데 분명한 것은 그도 가끔 실눈을 하고 힐끔힐끔 나의 모습을 살피는 것 같기도 했다.

"아니야! 나는 그렇다 하더라도 저놈은 아닐 거야. 흘러간 세월이 얼만데, 설마 나를 알아보기야 하겠어?"

바로 그때였다. 경로석 옆 샛문이 드르륵하고 열리더니 '캐리카'를 앞세운 장사꾼이 나타났다.

"추억의 멜로디를 선물합니다. 고객님의 가슴속에 묻힌 주옥같은 명곡만 담았습니다. CD 다섯 장에 만 원 한 장 받습니다. 필요하신 분 말씀 하세요."

그의 짤막한 광고가 끝나기 무섭게 맛보기 음악이 흘러나온다.

그런데 아니, 어떻게 이런 일이? 이게 무슨 운명의 장난인가. 아니면 우연인가. 하필이면 그 많은 노래 중에 사연 많은 그 곡이 여기서 들릴 줄이야.

'실 오스틴'의 연주곡 〈적과 흑의 블루스〉의 감미로운 선율이 전동차 안을 가득 채우기 시작했다. 순간 나는 반사적으로 박 하사의 반응을 살폈다. 그는 흠칫 놀라는 표정을 짓더니 갑자기 자리를 박차고 일어섰다. 그리고는 슬금슬금 내 눈치를 보면서 출입문 밖으로 나가는 것 아닌가. 전동차가 종로 3가역에 정차했을 때의 일이다.

'아! 박 하사도 나를 알아본 것일까?'

'그러네. 맞아, 내가 놓친 게 있었어!'

그랬다. 내가 놓친 게 있었다. 그것은 나의 얼굴에 있었다. 어릴 적 잘못 맞은 천연두 주사의 부작용으로 내 얼굴에 남아 있는 상흔, 나를 만난 사람이면 기억할 수밖에 없는 그 흔적들을 깜박 잊고 있었다. 박 하사 도 내 얼굴의 특성을 어렴풋이나마 기억할 수 있었다면 자리를 박차고 나갈 이유가 충분히 있었다. 그 옛날 내가 그를 위해 수십 회에 걸친 기막힌 연주를 할 때 나의 얼굴에 패인 흔적들이 그에게 각인될 수밖에 없었으리라.

노을 위에 쓰는 낙서

나는 반신반의하며 자리에서 벌떡 일어섰다. 어느새 내 오른손은 바지 뒷주머니 지갑을 꺼내고 있었다. 만 원짜리 지폐 한 장이 장사꾼에게 전해지고 CD 꾸러미는 내 손에 쥐어졌다.

나는 박 하사를 용서하기로 했다.

"내가 그에게 줄 수 있는 처음이자 마지막 선물이야, 이건!"

전동차 출입문이 닫히는 찰나, 나는 용수철이 튕기듯 밖으로 뛰쳐나왔다. 그를 빨리 찾아야 했다.

그러나 그의 모습은 보이지 않았다. 그 시절 자신이 기획하고 연출한 기막힌 만행에 대한 회한과 수치감으로 전동차 안에서 버틸 수가 없었을지도 모른다.

어쩌면 어딘가에 숨어서 나를 지켜보고 있을지도 모를 일이다. 그러나 결국 나는 그를 찾는 데 실패하고 말았다.

손에 쥔 CD 꾸러미가 바닥에 떨어졌다. 뒤늦게 마음을 진정시킨 나는 대합실 의자에 걸터앉아 눈을 감으며 혼돈의 시간을 추스르기 시작했다.

50여 년 전 그때 그는 정말 외로운 영혼이었을 것이다. 새로운 훈련병을 맞아 6주를 보내고 나면 다시 낯선 청춘들이 몰려오고, 또 떠나가고 개미 쳇바퀴 돌듯 그렇게 세월을 보내면서, 나름 정을 붙일 만하면 어김없이 떠나가는 부하들……. 일 년이면 8~9차례의 똑같은 전철을 밟으면서 그의 영혼은 서서히 지쳐 가고 있었으리라.

모진 욕설과 기합을 주는 이유도 분명 있었을 터. 야생마野生馬 같은 청춘들이 따로 마련된 낯선 우리에 갇힌다면 엄격한 길들이

기가 필요했을 것이다. 사회생활로부터 단절시키고 훈련에 몰입시키기 위해서 그가 내린 극단 처방이 우리들이 겪은 송곳 같은 고통이었을 것이다.

그의 미래도 암울했을 것이다. 10여 년을 꽁꽁 묶인 채 틀에 갇혀야 할 군생활의 두려움, 순간적 결단이었든 숙고된 선택이었든 간에 질곡의 공간에서 자신의 꿈이 막혀 버린 좌절감에 많은 눈물을 삼켰는지도 모른다.

이상이 내가 그를 뒤늦게라도 용서키로 한 배경이다.

사람이 나이를 먹고 풍상風霜을 겪어야만 상대의 입장을 헤아릴 줄 알고 따뜻한 가슴을 갖게 되는 것일까?

지금 생각하면 그의 욕지거리와 기합은 별것도 아닌 그저 뜬구름 같은 헛것이었다. 그러나 그땐 왜 그렇게 못 견디고 무거운 돌덩이처럼 느껴졌을까?

세월이 지나면 무거웠던 짐들도 모두 가볍게 보인다. 군대 시절의 과거사는 빈껍데기라는 어느 노장성의 일갈一喝이 예사롭게 들리지 않는다. 나는 자리에서 일어서며 박 하사에게 말했다.

"박 하사님! 미안하오. 오랫동안 저주의 끈에 묶어 놓았던 그대를 이제 풀어 줍니다. 그동안 수고하셨소! 부디 건강하시길……."

순간 박 하사의 미소 짓는 가뭇한 얼굴이 나의 뇌리를 스치고 지나갔다. 그도 나의 진심을 헤아린 듯하다. 몸과 마음이 가뿐해짐을 느끼며 나는 출입구 정산기에 공짜 카드를 찍고 계단으로 올라왔다. 도심을 비추는 햇살이 내 얼굴을 감싸는 듯하다.

노을 위에 쓰는 낙서

불과 한나절도 안 된 시간 동안 끄집어낸 퉁퉁 불어 터진 두 편의 기억들……. 이제 떠나가는 전동차에 실어 저 멀리 추억의 뒤편으로 보내 주려고 한다.

—

후학後學

—

6.

콩트

『후학後學』

후학後學

어둠이 묻힌 거리에는 싸늘한 가을비가 추적추적 내리고 있었다.

골목길 모퉁이에 위치한 이곳 맛집은 '코다리 찜'의 원조라고 입소문이 무성한데, 그 명성에 비해 식당 겉모양은 다소 초라해 보이다.

원래 소문난 명가, 특히 우리나라 고유의 토속음식으로 이름난 곳은 겉치장을 잘 하지 않는다. 외관보다는 전통의 맛을 지키는 것이 더 중요하다고 믿기 때문일 것이다. 그래서 진짜 미식가들이 이런 허름한 집을 꾸준히 찾고 있는지도 모른다.

식당 천장에 매달린 형광등은 긴 일과에 지친 듯 희옛한 불빛을 토해 내고 있다. 밤이 깊어지자 자리를 꽉 채웠던 식객들은 거의 떠나가고 이제 남은 손님은 우리 일행과 옆 좌석에 있는 2명의 젊은 아가씨들뿐이다.

나는 수시로 소주잔을 기울이고 있는 그녀들의 모습을 쳐다보고 있었다. 벌써 술기운이 오른 것일까? 아직 막걸리 두 잔도 채 마시지 않았는데…….

언뜻 그들의 식탁에 얹혀 있는 소주병을 세어 본다. 그런데 아니, 이 아가씨들이 벌써 네 병째, 그러니까 각 두 병씩을 마시고 있는 셈이 아닌가.

"정말 대단해. 요즘 아가씨들은……."

나는 속으로 그들의 엄청난 주량에 혀를 내두르면서도 눈길은 딴 곳에 쏠리고 있었다.

"대체 요즘 여자애들은 왜 저토록 짧은 스커트를 고집하는 것일까?"

정말 아슬아슬한 모습이다. 아무리 나이든 늙은이지만 남자의 본능은 어쩔 수 없나 보다. 누군가 그러더군, 늙은 말이 당근을 더 챙긴다고…….

그런데 늘 품고 있는 의문이 또 떠오른다. 젊은 아가씨들이 저렇게 짧은 치마를 입는 이유는 대체 무엇인가? 다른 사람들이 그렇게 입으니까 즉 유행을 따르다 보니까? 나름 멋을 내기 위해서? 아니면 남자들의 시선을 끌기 위해서?

어쨌든 사내들은 노소에 관계없이 저런 모습에 눈이 쏠린다. 그러나 정작 그런 옷차림을 한 당사자들은 그 눈길을 거부한다. 때로는 성희롱이라고 항의한다.

"아니, 그럼 짧은 치마를 입지나 말든지……."

쳐다보면 야성의 욕망이 되고, 자제하면 이성을 갖춘 지성이 되는 건가? 어느 신경정신과 교수는 남자는 아름다운 여체를 바라보기만 해도 정서적 안정을 이루고 노화를 막는 효과를 거둔다는데, 그럼 우리더러 대체 어떻게 하란 말인가?

그러거나 말거나 두 아가씨는 나의 눈길에는 아랑곳하지 않고 소주잔 기울기에 바쁜 모습이다. 그때 담배 한 대 피우겠다고 잠깐 나갔던 박 교수가 비에 젖은 옷자락을 툭툭 털며 들어온다.

그는 자리에 앉자마자 일본말로 구시렁구시렁 거린다.

"도시 요리노 쿠세니……."(늙은이 주제에)

도둑이 제 발 저리다더니 나는 그의 중얼거림에 흠칫 놀라 막걸리 잔을 들어 올리며 딴전을 피우다가,

"이보게 …박 교수! 지금 나보고 하는 소리지? 늙은 놈이 엉뚱한 짓한다고 흉보는 거 맞지?"

하고 역공을 시작한다.

처음에는 옆 좌석 아가씨들한테 기웃거린다고 질책하는 소린 줄 알았기 때문이었다.

"이 친구, 똥 싼 놈이 성낸다더니 기가 막히는구먼. 이 사람아, 내 말은 그런 게 아니고……."

그는 하던 말을 잠시 멈추곤 먹다 남은 막걸리 반 잔을 입에 털어 넣는다.

"내가 늙은 놈들에 대해 이야기할 게 있다고, 아주 기가 막힌 한 편의 반전 드라마 같은……."

박 교수가 뱉은 의외의 몇 마디에 나는 귀를 솔깃하며 침을 꿀꺽 삼켰다. 그리고 그의 빈 술잔에 막걸리를 가득 채웠다.

"이건 우리 학과에서 일어났던 소위 '늙은 교수들 목 자르기 작전'이라는 기상천외한 사건이라네."

　　　　　　　　　　　　　　　　노을 위에 쓰는 낙서

나는 스릴 넘치는 영화 제목 같은 그의 화두話頭에 호기심을 억누르고 힐끗 옆 좌석 아가씨들의 표정을 살폈다.

아니, 그런데 소주 한 병을 더 시켜 놓고 그들이 이미 우리 둘의 대화에 빠져들고 있지 않은가. 박 교수의 느닷없는 폭탄 발언 때문이었을까?

"선생님들! 저희들도 그 이야기 좀 들으면 안 되나요?"

아니! 저것들이 언제부터 우리 이야기를 엿듣고 있었담! 그러나 그들의 당돌한 젊음이 부럽기는 하다.

"그래요, 좋아요. 듣고 싶으면 들어요."

박 교수는 큰 선심이나 쓰듯 한마디 뱉더니 다시 막걸리 한 잔을 쭉 들이마신다. 마침내 그의 이야기보따리가 슬슬 풀어진다. 그는 잠깐 뜸을 들이다가 마침내 입을 열었다.

"……지난 6월 말에 있었던 일이지. 우리 학과에 나보다 손위인 교수가 둘이나 있었지. A교수와 C교수라고……. 그런데 이것들이 정년을 훌쩍 넘기고도 그만둘 생각을 않았다, 이거야."

"자네 학과에는 왜 그렇게 늙은 교수들이 많았나?"

나는 그의 이야기 속에 빠져들기 시작했다.

"학과의 특수성이랄까. 얼어 죽을 응용미술인가 뭔가, 그게 연식年式이 높을수록 실력이 더 쌓인다나? 물론 나는 그 말에 동의할 수 없지만, 자네 같은 그림쟁이도 정년 전에 돌 던졌지 아마?"

"나야 그랬지. 그래서?"

"아! 그러니 그것들이 십수 년간 그 자리만 쳐다보는 조교들

눈에 피눈물만 나게 만들고 있었단 말일세. 정년 지난 지가 언
젠데……. 총장도 그것들의 텃세 때문인지 입만 다물고 있었
고……."

그의 애기는 계속된다.

"그런데 A교수 밑에 있던 조교 김 군이 나를 찾아왔더군. 6월
중순쯤으로 기억해. 오자마자 고개를 숙이면서 여윳돈 있으면 좀
빌려 달라고 하더군."

박 교수는 막걸리 한 모금을 마시고는 한숨까지 쉬었다.

"그가 살고 있던 아파트 주인이 전세금을 더 올려 달라는데 은
행 대출에 문제가 생겨 어렵게 되었다고. 그런데 그때 나는 아
주 놀라운 사실을 알고 말았네. 사실 끝까지 모르는 게 나았을지
도……."

"그게 뭔데?"

나는 박 교수를 빤히 쳐다보며 보채듯이 물었다.

"A교수 그 영감, 몹쓸 짓을 하고 있었더군. 아니, 차라리 벼룩
의 간을 빼먹지. 자식뻘 되는 조교로부터 매월 상납을 받았더라
고……."

"아니! 뭐야?"

"김 군에게 그 늙은이가 그랬다는구먼. '내가 이제 교수 짓하면
얼마나 더 하겠느냐, 앞으로는 자네들이 이끌어 가야지.' 하면서
은근히 돈을 요구했다는 거야.

그 사람은 벌어 놓은 것도 제법 있을 테고 틈틈이 업체에 가서
몇 마디 하면 돈푼께나 챙기면서 그런 파렴치한 짓거리를 하고 있
었던 거야."

　　　　　　　　　노을 위에 쓰는 낙서

나는 하도 기가 막히고 어안이 벙벙하여 막걸리 한 모금으로 목을 적셨다. 그의 말은 계속 이어졌다.

"김 군도 그 말을 실토하고는 후회하는 눈치더군. 그래서 다독였지. 돈 걱정은 말라고, 그리고 좀 더 참다 보면 좋은 일이 있지 않겠느냐고."

그는 잠시 숨을 멈추더니 다시 말을 잇는다.

"그때 그 소릴 들으니 내가 부글부글 끓더라고⋯⋯. 세상에 자기 스승 입만 쳐다보며 십수 년을 버텨 왔는데 자리 물려줄 생각은커녕 돈만 챙겨 갔으니⋯⋯."

"그래서 어떻게 되었어요?"

옆자리의 눈 큰 아가씨의 궁금증이 깊어 간다.

"그런데 공교롭게도 그 일이 있은 후 A교수와 C교수가 술 한잔하자며 나를 부르더군. C교수도 A교수와 한통속으로 학과 일을 꽉 잡고 있었지. 나는 혹시 그것들이 자신들의 비리가 들통 날까 두려워 내 입막음 하려는구나, 생각했지. 처음엔⋯⋯."

"그럼 아니던가?"

"내 말 더 들어 봐! 아니, 그것들이 내게 무슨 말을 했는지 알아?"

"무슨 말을 했는데요?"

또 다른 옆자리 아가씨도 끼어든다.

"나더러 총대를 한번 메라는 거야. 내가 총장하고 말이 잘 통하니까 찾아가서 부탁 한번 하라고⋯⋯."

"무슨 부탁을?"

"응, 우리 늙은이들 셋 다 2년만 더 계약 연장시켜 달라는 부탁을⋯⋯. 이런 일에 자기들이 나설 수는 없지 않나 하더라니까. 더욱 기가 막힌 것은 연봉 인상까지 들먹이더라고…….”

“그래서 자넨 뭐라고 했나?”

“이 사람아, 내가 뭐라고 했겠나. 처음에는 일언지하에 거절하려고 했지. 그런데…….”

“그런데라니?”

나는 박 교수의 말문을 막고 그를 쳐다봤다.

“그런데 그 순간 내게 기똥찬 아이디어가 번뜩이더군. 그래서 일단 그렇게 해 보겠다고 했지. 그래야 그것들이 딴 수작을 못 부릴게 아닌가. 물론 총장도 권한에 한계가 있을 거란 애기도 덧붙였지만…….”

“아니, 그럼 자네가 그것들의 제안을 수용했단 이야기야?”

“내 말 더 들어 보게. 나는 이때다 싶어 물귀신 작전을 떠올렸지. 내 속셈을 알 리 없는 그들은 기분이 좋아 2차도 자기들이 쏘겠다고 허세를 부리더군.”

“그래서 2차까지 가셨어요, 교수님?”

아가씨가 또 끼어든다. 나는 그때 아가씨들에게 제안을 하나 했다.

“이봐요 아가씨들! 지금 이럴 게 아니라 박 교수도 이야기에 집중해야 하니 이쪽으로 합석하여 함께 듣는 게 어때요?”

“아! 예. 저희들이야 좋지요. 선생님!”

두 아가씨는 이구동성으로 동의를 하더니만 박 교수와 내 옆에 자리를 함께했다.

“자, 이왕 한자리에 앉았으니 다들 함께 건배주나 한 잔씩 합시

노을 위에 쓰는 낙서

다. 아가씨들은 남은 소주로, 우리는 막걸리로……."

그리고 내가 그들의 잔을 가리키며 눈짓을 했다.

"건배사는 '우아미'로!"

"좋아요, 저희들은!"

"자, 그럼 모두 함께 우아미!"

"우아미!"

네 사람의 함성에 주인아줌마가 흠칫 놀라는 표정을 지으며 쓸쓸히 웃는다.

박 교수의 이야기는 계속 이어졌다.

"그럼! 일단 2차를 갔지. 그 늙은이들 그날 밤 돈깨나 날렸을 거야. 지 새끼들 코 묻은 돈까지 뺏는 놈들이 얼마나 아까웠을까? 아마 속깨나 쓰렸을 걸? 그다음 날 아침에……."

"그래서 그다음은요?"

내 옆자리 아가씨가 약간 어눌한 목소리로 더듬는다. 제아무리 술이 센들 이제 술기운이 달아오르는 것 같았다.

"며칠 후에 내가 총장실을 찾았지. 그리고 정중하게 내 뜻을 밝혔다네!"

"어떻게?"

"내가 그랬지. 총장님! 그동안 여러모로 베풀어 주셔서 감사합니다. 저도 이제 정년이 코앞인데 후학後學들도 생각할 때가 된 것 같습니다. 그래서 이번 학기를 끝으로, 그러니까 이번 주말에 학교를 그만둘까 합니다. 부디 제 사의를 받아 주시지요.

그리고 제 밑에 있는 조교 강 군을 정식 임용하여 잘 이끌어 주시기 바랍니다. 그 친구 실력도 출중하지만 됨됨이도 훌륭한 진국입니다."

"총장님이 뭐라고 하셨어요?"

박 교수 옆에 있던 아가씨가 다시 끼어든다.

"아, 처음에는 무척 놀라는 표정을 짓더군. 1~2년 더 할 수 있을 텐데 왜 그러냐고……. 하지만 나의 완강한 의사에 결국 수용을 하더구먼. 그런데 그때 총장에게 부탁을 하나 했지. 꼭 들어 달라고 매달렸지."

"무슨 부탁을?"

"응, 그 부탁은 말이야……."

그는 잠깐 뜸을 들이더니,

"……나를 죽여 달라는 부탁이었지. 나를 처절하게 밟아 달라는 부탁을……."

"아니, 어쩜 그런 끔찍한 부탁을……."

내 옆자리 아가씨가 놀라는 표정을 지으며 나를 쳐다본다. 마치 자신의 말에 동의를 구하는 듯한 눈빛을 지으며…….

"허허, 그렇게 놀랄 일은 아니오. 그때 총장은 내 손을 꼭 붙잡고 놓아주지 않더군. 나는 그 순간 석가모니와 가섭이 교감한 이심전심을 감지했지. 자네도 알지? 석가가 설법 도중 연꽃 한 송이를 들어 올리자 가섭만이 그 뜻을 깨닫고 미소 지었다는 그 이야기 말이야! 염화시중拈華示衆이라 했던가?"

"점점 난해해지는군. 좀 쉽게 설명해 보게."

"그래, 알았네. 그다음 날 학교 홈페이지 게시판에 오른 공지

사항이 내가 총장에게 부탁한 내용이네. 그걸 내가 복사하여 가져왔지, 자네한테 보여 주려고. 그런데 자네가 대서양 쪽으로 크루즈 여행인가 뭔가 떠나는 바람에 이렇게 늦었다네. 이 쪽지가 내 주머니 속에서 한참을 묵었다네. 자네 때문에……."

그는 양복 윗도리 안주머니를 뒤지더니 A4용지 한 장을 꺼내며 내게 내밀었다. 거기엔 다음과 같은 내용이 살짝 구겨진 종이 사이로 희읏하게 적혀 있었다.

공고

최근 교직원 임용이나 계약 기간 연장을 빌미로 금품 거래를 시도하려는 행위가 감지되어 이 자리를 빌려 교직원 여러분께 경고합니다. 본 총장은 어떠한 일이 있더라도 이러한 행위는 용인할 수 없으며 이런 시도를 하려는 자들에겐 가차 없이 응징할 것을 천명하는 바입니다. 따라서 오늘 1차로 다음과 같이 인사 조치를 단행하오니 해당 학과에서는 상응하는 절차를 진행하길 바랍니다.

다음
응용미술학과 교수 박도술 명 면직
응용미술학과 조교 강철민 명 전임강사

2016년 6월
총장

공지사항을 읽은 세 사람은 망연자실한 표정으로 박 교수를 쳐다보았다.

"아니, 어떻게 이런 일이……. 그럼 그 두 늙은이만 좋아진 것 아니야?"

"무슨 소리. 이게 바로 내가 구상한 물귀신 작전이 아니던가. 공지 사항이 나온 그다음 날 그 늙은이들한테 전화가 왔더군. 미안하게 됐다고. 자기들 때문에 후배 교수가 덤터기를 쓰고 말았다며 울먹이기까지 하더라고. 쇼를 하는 것 같지는 않았어. 그래도 양심은 살아 있더군. 접장接長 노릇한 밥그릇이 얼만데……."

박 교수는 남은 술잔을 비우며 쓴웃음을 짓는다. 그의 말은 계속 이어졌다.

"그 일이 있은 며칠 뒤 총장 명의의 공지 사항이 또 떴더라고, 게시판에……. 그 늙은이 둘 다 의원면직依願免職되었다고. 제 발로 걸어 나간 셈이지. 그리고 그들 밑에 있던 두 조교들도 전임강사로 임용되었더군. 나는 믿네, 그 두 친구들도 내 진의를 알고 있을 거라고……. 어쨌든 '늙은 교수들 목 자르기' 작전은 이렇게 결말이 났다네."

박 교수는 의기양양하게 어깨를 으쓱거리고 있었다. 어이없어하는 우리 모습은 아랑곳하지 않고 그는 개선장군처럼 침을 튀기고 있었다.

"내가 기획한 작전은 성공하고 총장에게는 성동격서聲東擊西를 한수 가르쳤지."

"성동격서……? 그게 무슨 말씀이신지?"

노을 위에 쓰는 낙서

내 옆자리의 아가씨가 의아스런 눈빛으로 입을 열었다.

"총장이 나를 겨냥하는 모양새를 취하면서 결국 그 두 늙은이들을 내친 꼴이라는 이야기지! 중국의 고대 병법인데 『초한지』라는 책에서 그 유래를……."

"자네의 기막힌 전술이었군. 역시 박 교수 자네답군. 그런데 걱정되는 일은, 제수씨가 상심이 컸을 텐데……."

"어쩌겠나. 집사람도 내 성미를 아는데……. 그간의 전후 사정을 사실대로 이야기했지. 그런데 마침 총장이 내 구좌로 금일봉을 보냈더군. 자그마치 500만 원을."

"위로금이었군!"

하는 나의 말에 그는 빙그레 웃는다.

"그런 셈이지. 그래서 나는 그 돈에서 한 푼도 건드리지 않고 마누라 손에 쥐어 줬더니 조금 풀어지긴 하더라고."

"교수님, 정말 멋지십니다. 모처럼 희망의 불빛을 본 것 같네요. 너무 감동했어요. 결국 살신성인을 하신 셈이군요."

박 교수 옆에 앉은 아가씨가 상기된 표정으로 그를 쳐다본다. 그리고 소주잔을 비우더니 다시 말을 잇는다.

"그런데 선생님들, 이거 아세요? 여기에도 조교 짓거리 7~8년 차 접어드는 한심한 영혼들이 있다는 걸……."

"아니! 그럼 이 아가씨들도?"

나는 그때서야 깨달았다. 왜 그들이 그토록 박 교수의 이야기에 매달려 초롱초롱 눈을 밝히고 있었는지를…….

그때 내 옆자리 아가씨가 차분하게 나섰다.

"선생님들! 이 애 이야기에 너무 불편해 마세요. 저희들도 체념이라는 단어에 이미 익숙해졌답니다.”

그러나 그녀의 눈가에는 이미 이슬이 맺혀 있다.

“그리고 조금 늦었지만 저희들이 2차 쏠게요. 생맥주 딱 1잔씩만 하고 가요, 우리. 네?”

나는 속으로 ‘우리라고? 아니 언제부터 우리였담?’ 그래, 맞다. 박 교수가 연출한 무대의 관객이 된 우리 세 사람은 이미 우리라는 동심원同心圓 속에 함께 있었음에 틀림없다.

“아! 이럴 땐 이 늙은이들은 어떻게 해야 하나?”

박 교수도 난감한 표정으로 내 얼굴을 쳐다보고 있다.

그녀들은 이미 그들 몫의 계산을 끝내고 밖에서 우릴 기다리는 눈치다.

비는 그쳤다. 가을밤은 점점 깊어 가는데 갈 길은 멀다. 그러나 세상사 돌아가는 꼬락서니에 막혔던 가슴이 뻥 뚫리는 느낌이다. 아마 박 교수가 보여 준 무용無慾의 가르침 때문일 것이다.

매사 내게 타박만 일삼던 그가 오늘따라 가을밤 하늘에 우뚝 선 큰 별처럼 느껴진다.

그때 내게 마음의 동요가 일고 있음을 살짝 느꼈다.

“그래, 맞아! 오늘같이 개운한 밤을 이대로 넘길 순 없지.”

나는 갑자기 소리를 질렀다.

“이봐요, 조교 아가씨들! 오늘 밤 2차는 내가 사야겠소. 이렇게 후련한 밤에 무엇이든 못 쏘겠소? 생맥주 한 잔이 아니라 지칠 때까지 실컷 마셔 봅세. 안 그런가, 박 교수?”

“아니, 이 사람이 갑자기 무슨 소린가! 자네 지금 제정신인 거 맞아?”

박 교수가 정색을 하며 나를 쳐다본다. 그러나 나는 안다. 그도 내 제안이 싫지가 않다는 것을……

맞은편에 서 있던 그녀들도 까르르 웃으며 우리 곁으로 다가오고 있었다.

7.

시詩가
있는
마을

라디오

머리맡에서 함께한
수십 년의 세월 끝에

너도 이제
주인을 많이 닮아 가는구나

간혹
버겁기도 한 나의 심장처럼

지지직거리다가
멈추기도 하는 너의 숨소리

내 가슴을 툭툭 치듯
너의 몸통을 톡톡 치면

다시 깨어나는
여릿한 생명의 고동 소리

노을 위에 쓰는 낙서

아!
우리에게도 청춘이 있었지

때론 꿈속에서
"마이클 잭슨"과 춤을 추고

때론 밤하늘의 별을 지키며
"라이나 마리아 릴케"의 시를 읊기도 했지

머지않아
우리의 가슴에 어둠이 내리면

"트리오 로스 판쵸스"의
"제비" 노래를 함께 부르며

두 손을 꼭 잡고
먼 길을 함께 떠나자구나

누룽지

진작
배수진을 치고 있었다.

격랑
요동 그리고 긴 침묵

마침내
동업자 간의 타협이 끝나면

각자 챙긴
전리품戰利品을 옆구리에 끼고

넌 네 갈 길을
난 내 갈 길을

등대가 하는 말

짙은 해무海霧를 헤치고
잿빛 격랑激浪을 안고 온 너의 포효咆哮를

반가이 맞을 수가 없단다.
나는,

내 가슴에 녹아드는
너의 분신 하얀 포말泡沫을

사랑할 수가 없단다.
나는,

절규도 아닌
분노도 아닌

질곡桎梏과 인고의 세월을
감내堪耐할 수 없기 때문이야
나 혼자서는…….

코스모스

코스모스 너를 보면
왜 눈시울이 젖는 걸까?

가냘픈 순정 때문인가
미풍微風에도 고개 숙인 애잔함 때문인가

꽃잎에 밴
해맑은 이슬은

떠돌다 지친 길손의 시름인가
외로움에 겨워 흘린 쓰라린 눈물인가

다시 또 찬바람 불어오면

속절없이
떠나야 할 숙명을 알기에

오늘도 너는
두려움에 몸을 떤다.

눈이 내리면

가뭇한 나뭇가지
하얀 옷 입고

먹이 찾는 까마귀
마중 나왔네

소복소복 쌓인 눈길
끝없이 이어지고

길 잃은 나그네
시름만 깊어지네

멀리서 개 짖는 소리
컹컹 울리고

눈에 젖은 겨울밤은
밝기만 하다

호텔 캘리포니아

이글스가 이 노래를 처음 부를 즈음
정작 캘리포니아 호텔은 없었다

오직
노랫말에만 이름 올린 가상의 호텔이었을 뿐

7분 10여 초의 긴 선율이
어둑한 클럽의 플로어에 흐르기 시작하면

그는
미친 듯이 춤을 추었다.

유일한 고객이자 주연이 된
그를 위해

피 끓는 4인조의
라이브 영상이

땀이 밴 스크린 위에
요동을 친다

카리브 해안이 보이는
외딴 도시 이곳에

그는
무슨 사연을 안고 왔던가?

음악은 아직도
끝날 줄을 모르는데

왜
그의 눈시울은 젖고 있나.

이토록 강렬한 멜로디 속엔
분명 영혼을 울리는 메시지가 있을 터

노래의 첫마디는
이렇게 시작된다.

"어둠이 깔린 사막의 고속도로
차가운 바람이 머리를 스친다."

그리고
마지막으로 남긴 말 한마디

"그대는 여기를
영원히 떠날 수 없으리라."

노래는 끝이 나도
빗발치듯 기타 줄의 곡예가 이어지고

마침내
길었던 광란의 굿판은 막을 내린다.

노을 위에 쓰는 낙서